ついに、来た?

群　ようこ

幻冬舎文庫

ついに、来た？

目次

母、出戻る？

サチはコーヒーカップを手に、自室のリビングルームのソファに座った。目の前のローテーブルには銀行からのローン返済表が置いてあり、着々と繰り上げ返済ができている。二十五年ローンで五十五歳での完済予定だったのが、五十歳で完済できる見通しになった。五十歳になって借金がないのとあるのとでは雲泥の差だ。よく、がんばった。一人暮らしでは誰も褒めてくれないので、自分で自分を褒めた。

このマンションはサチが三十歳のとき、自動車の自損事故で亡くなった、当時五十五歳の父が残してくれたお金を頭金にして購入した。学校を卒業して地元の通販会社に就職し、社会人としてのけじめをつけるために、賃貸アパートに住んでいたけれど、自分がマンションを購入するなんて、考えてもみなかった。しかし父が亡くなった後、自分の手元に届いたまとまった金額を目にしたら、それを何かの形で残そうという気持ちになった。

そんなサチの心を狙ったかのように、最寄り駅の改装と共に、駅に隣接した新築の分譲マンションが売りに出された。ついふらふらとモデルルームを見にいって、そして迷わずにすぐに契約してしまったのだった。考えてみれば、ほとんどがファミリー向けで、単身者用は設計上の隙間を埋めるために造られているような気もしたが、五十平米足らずの1LDKとはいえ、広いエントランスと重厚な雰囲気の建物に、一人でのんびりと一生住み続けられるのがうれしかった。

父が亡くなったとき、五十三歳の母、二十八歳のサチ、実家で両親と同居していた十八歳の妹のルリは、しばらく呆然《ぼうぜん》としているしかなかった。ぽつりと、

「運命としかいいようがないね」

と母はつぶやいたが、母よりも父になついていたサチは、納得がいかなかった。母が好きなルリは、母のそばから離れなかった。

ところがたいした額ではないが、父の遺産の分配が済んだ後、母が姿を消した。こちらも突然、いなくなったのである。実家にいるルリは、尋常ではない声で、

「おねえちゃんっ！　学校から帰ったら、ママがいなくなっちゃってた！　変な手紙がテーブルの上にあったんだけど。もう、わけがわからないから、来てえ！」

とサチの会社に電話をかけてきた。マンション購入の契約もろもろがすべて終わった直後だった。ルリの言葉を何度も頭の中で繰り返しながら、上司に、「母の具合が悪くなった」と嘘をいい、急いで車を運転して実家に向かった。

中にルリがいるはずなのに、玄関には鍵がかかっていた。何度、チャイムを押しても応答がなく、塀と家の隙間を通って庭にまわった。サンルームに面した戸が開いていて、ルリはその奥の畳敷きの居間に、ぺったりと女の子座りをして放心していた。

「どうしたの、お母さん、いなくなったって？　どういうことなの」

靴を脱ぐのもそこそこに室内に入ると、ルリは首を横に振って手にした紙を差し出した。

「お母さんはしばらくいなくなります。心配しないでください。探さないでください。近所のスーパーマーケットの朝市のチラシの裏に、

落ち着いたら連絡します。　トミコ」

と書いてあった。ルリは、

「いなくなるって、どういうことなの？　あたし、わかんない」

と何度も頭を横に振りながら、泣きはじめた。

「落ち着いて。心配しないでっていうから、事件じゃないと思うけど」

「あたしにとっては大事件よ。お父さんが急にいなくなったと思ったら、今度はママがいなくなっちゃうなんて」

ルリはわーっと畳の上に突っ伏して泣きはじめた。

「困ったわねえ。警察に相談すると大事《おおごと》になるし。お母さんも探さないでっていってる

から、しばらく様子を見たらどうかしら」

ルリはしゃくりあげながら顔を上げ、

「おねえちゃん、よくそんなに落ち着いていられるわね。心配じゃないのっ」

とかん高い声で叫んだ。

「心配よ。だけど私までルリちゃんみたいに取り乱していたら、どうにもならないじゃないの。驚いたのはわかるけど、落ち着いてどうしたらいいか考えなくちゃ」

ルリはしばらく肩を上下に揺らしていたが、そのうち気が収まったのか、そばにあるティッシュの箱に手を伸ばし、膝《ひざ》の上に置いてぶーっと洟《はな》をかんだ。

「何か変なことあった？　お母さん」

一緒に住んでいないサチは、ふだんの母の行動がまったくわからない。

「今日もふだんと変わらなかった。ふつうに御飯作って、洗濯して掃除して、庭の花に水やって、近所の人とおしゃべりして……そんな感じ。あたしが学校にいくときも、ふつうに『いってらっしゃい』っていってたし。でもお父さんが亡くなってから、だんだん着る物に気をつけるようになったっていうか、ヘアサロンにも毎月いくようになったし、服もちょっと派手になってたよね……」

「派手っていっても、それほどでもないでしょう。地味な無地のブラウスが地味な花柄になったくらいで。ねえ、お母さん、何を持っていったかわかる？」

サチが立ち上がって母の部屋にいこうとすると、ルリが居間のタンスの小引き出しを開けた。

「いつもここに通帳を入れていたけど、なくなってる。印鑑はいつもバッグの中に入れてたはずよ」

母の部屋に入ったルリは、いつも母が使っていたベージュの大型のショルダーバッグがなくなっていたという。洋服ダンスの中の服の三分の二以上、下着もほとんど残っていなかった。

「スーツケースもなくなってる」

ルリが押し入れを開けてつぶやいた。段ボール箱が積んである中に、スーツケースくらいの大きさの空洞ができていた。

「本気で持っていったんだね」

サチがつぶやくと、またルリが泣き出した。

「どうして出ていったのかしら。ルリちゃんの学校だって、あと二年残ってるのに」

「そうよ、ママは私の卒業式に出るのを楽しみにしてるっていってたんだから」

「そういっていたんだから、きっと戻ってくるわよ。だからもうちょっと様子を見ようよ、ねっ」

やっとルリも落ち着いてきたので、サチは、

「しばらくはここに泊まるから。準備をしてまた夜、来るからね」

といい残して会社に戻った。上司に、

「おかげさまで、たいしたことはありませんでした」

と報告すると、

「それはよかった。何かあったら遠慮なくいって」

といってくれた。

「ありがとうございます」

とても母が失踪したとはいえなかった。

その夜から三日間、サチは荷物をまとめて実家に戻った。ルリは意気消沈して、大学の課題の英文の論文も書く気がしないと嘆いている。

「自分のことでルリちゃんが落第でもしたら、お母さん悲しむよ。心配なのはわかるけど、やらなくちゃならないことはやらなくちゃ」

急なことで準備もしていなかったし、サチ自身も料理を作る気力がわかなかったので、会社の帰りに鮨やおかずを買って実家にいった。それを食卓に並べながら、姉妹で向か

い合って食事をした。息が詰まりそうだったので、サチはテレビを点《つ》けた。結構、気に入っているお笑い芸人が出ていて、サチは鉄火巻きを食べながら、「ふふふ」と笑った。

「よくこんなときに笑えるね」

ルリはため息をついた。

「ため息をついても笑っても、お母さんがいないのは同じ。心配してないわけじゃないよ。でも何らかの意思があって、出ていったんだと思うの。だから連絡があるのを待とうよ」

ルリはうなずいたものの、テレビのほうには目も向けず、うつむいて二貫だけ手をつけ、「ごちそうさま」と小さくいって自分の部屋に入ってしまった。

「ケーキ、買ってきたから、あとで持っていくね」

「うん、わかった」

ドアの向こう側から声が聞こえた。

母がいなくなって五日目、自分のアパートから出勤すると、またルリから会社に電話があった。

「おねえちゃんっ、ママから電話があった。家の電話番号も教えてくれた。元気でいるんだけどね、あのね、それがね、男の人と一緒なんだって」

「えーっ」

周囲の同僚はびっくりしてサチの顔を見た。

「わ、わかった、また後で連絡する」

あわてて電話を切り、サチは、

「お騒がせしてすみません、大丈夫です」

と同僚に謝った。

姉妹の母親は五歳年下の男性のもとに奔《はし》っていた。彼は隣県の駅前で中高年女性向きの洋服店を営んでいる独身男性だった。まだ父親が生きているとき、友だちと買い物にいった際に知り合ったらしい。二人とも独身なので、その点については問題はなかったが、それならば大人として交際すればいいのだし、家を出る必要はなかったのではとサチが問いただすと、電話口の母は、

「うーん、隣近所の目があるじゃない。それにもうあの家には、嫌な思い出しかないから住みたくない」

といった。自分たち姉妹を二十年以上育ててきたのに、母としての喜びではなく、嫌な思い出しかないといわれ、サチは自分たちが見捨てられたような気持ちになった。

しかし母も五十五歳の立派な大人である。子供であっても母の行動を制限できない。

ただ、ルリを悲しませるようなことはしないでと頼んで、サチは電話を切った。そしてそれから一か月ほどして、サチは母と相手の男性と、二人が住んでいる近所の喫茶店で会った。ルリは母親とは会いたいが、男性とは会いたくないと、断固同席を拒否した。相手の男性は女性相手の仕事だからか、愛想もよく人当たりもよかったが、それが人柄から出るものではなく、こうすれば人は喜ぶだろうと下心があるのがみえみえだった。いわゆる心にもないお世辞をいうタイプだった。母がこんな男にひっかかるなんてとサチはがっかりした。夫婦間で何があったかはわからないけれど、無口な父のほうが、顔面は劣るかもしれないが、人間的には数段、ましのように思えた。

喫茶店のマスターに、母は「奥さん」と呼ばれ、違和感なくふるまっていた。目の前にいるのはピンクや赤の大きな花柄の透けるブラウスを着た母だった。化粧も濃い目になり、髪の毛もふわっとボリュームが出るようにきれいにセットされていた。その後はルリも母とは何度か会っていたが、男性と会うのは拒絶し続けた。ルリの大学の卒業式には母は約束通り参列し、二十六歳で結婚したときも、母のみ出席した。男性は自分も出席したいなどといっていたそうで、そんな言動もサチにとっては図々《ずうずう》しくて嫌だった。

結婚したルリは実家に住み、三十歳で男女の双子を産んだ。母は喜んで実家に手伝いに来ていたけれど、泊まることはなく男性の車で送迎してもらっていた。しかし男性はルリに写真を見るのも嫌だと拒絶されているのを知って、顔を出すことはなかった。ルリも家庭を持って母となり、出ていった母親については、

「好きなようにすればよい」

という考えになっていたようだった。

独身を続けているサチも、家庭を持ったルリも、母が出ていった十数年の間にそれぞれの生活を営んでいた。サチはまあ健康で仕事を続けられ、ローンの繰り上げ返済が順調なことがうれしく、ルリは子供の教育に熱心で、プレスクールで成績がいいと褒められた子供たちを、どの有名小学校に入学させるかが、いちばんの重要課題になっていた。

サチがローン完済予定表を見ながら、うれしさをかみしめていたある夜、ルリから電話がかかってきた。

「おねえちゃんっ、大変！」

母がいなくなったときと同じ、尋常ではない様子である。

「今、ママの相手から電話があって」

「えっ」

サチは瞬間的に、母に致命的なアクシデントが起こったのではと身構えた。

「ママが家に戻りたいっていってるんだって。相手から電話があった」

「お母さんは電話に出たの」

「うん、『お母さんはね、家に帰るから』って、何を聞いてもそれしかいわなかったんだけどね」

母が最悪の状態にないのはわかって、とりあえずはほっとしたものの、サチはわけがわからない。母は男性との生活を解消するのだろうか。

「それで、相手が一方的に、明日の午前中に帰すっていうの。出ていったときも急だし、戻ってくるときも急なのよ。どうしよう」

母は七十歳になったはずだ。いい歳になっているのに、どうしてこんなに勝手なことばかりするのかと、サチは腹が立ってきた。

「わかった。私もいくわ。とにかく明日ね」

サチは電話を切った。

翌朝、サチは車で実家に向かった。運転していても、「どうして」「なんでいまさら」「何があった」がぐるぐると頭の中を駆けめぐり、運転に集中しなくてはと気を引き締めた。実家ではかわいい動物のリュックサックを背負った甥《おい》と姪《めい》が、

「はやく、はやく」

と家の中で飛び跳ねていた。

「お義姉《ねえ》さん、朝からすみません。子供たちを遊園地に連れていく約束をしていたので」

義弟は恐縮していた。キッチンからは、

「少し待ちなさい」

とルリの叱る声が聞こえる。母が出ていったとき、ぴーぴー泣いていた彼女も、今は立派な母親なのだ。

「はい、できました。あ、おねえちゃん。ごめん、気がつかなかった」

子供たちはお弁当をうれしそうに受け取って自分のリュックに入れ、手を振って元気に出かけていった。彼らを見送った後、姉妹はルリ夫婦がリフォームしたばかりの洋室になった居間で、帰ってくる母を待った。

「ずいぶん部屋の雰囲気が変わったわね」

「フローリングにして、壁紙を貼ったの」

「こっちのほうがいいわね。明るくなった」

お互いに胸の内にはさまざまな思いがあったけれど、つとめて関係ない話をし続けた。三十分ほどしてドアをノックする音が何度か聞こえた。ドアのハンドルを動かす音もする。二人は玄関に走っていき、ルリがドアを開けた。するとそこには、表情もなく立ち尽くしている母の姿があった。服は相変わらず派手目だが、髪の毛が妙に逆立っている。きちんと梳《と》かしていないようだ。

「ママ、どうしたの、いったい」

ルリがとびついた。母は黙っている。サチは玄関から少し離れた路上に、母が持ち出したスーツケースや、その他三個の大きな紙袋が置かれているのを見つけた。

「どうしてこんなところに置いたの」

出ていくと、路地を急発進して走り去る車があった。いやな予感がした。もしかして相手の男性が連れてきて、挨拶もせずに母と荷物を置いていったのではないか。ルリが一生懸命に話しかけても、母はただ立ち尽くしているだけだ。

「とにかく荷物を中に入れるわ。お母さんも早く入って」

サチがせかすと、やっと母は家の中に入った。居間のソファに座っても、落ち着かない様子で室内を眺めている。

「ずいぶん変わったでしょう。最近、フローリングにして壁紙を変えたのよ」

ルリはお茶を淹《い》れて運んできた。それでも母は黙っている。姉妹は顔を見合わせて首をかしげた。

「ママ、どうしたの。具合でも悪いの」

ルリが心配そうに顔をのぞきこむと、

「ううん、そんなことないよ」

と手を横に振り、

「シンジさんはどこ？」

という。

「シンジさん？」

サチもルリも母の相手がシンジという名前だったのを思い出した。サチはルリに耳打ちした。

「お母さん、おかしいよ。こんなふうじゃなかったもの」

「うそ。そんな……」

姉妹が母の顔をじっと見つめると、にっこり笑って会釈をした。

「こんにちは」

まるで初対面のようだった。

「こ、こんにちは」

まさか母とこんな挨拶を交わすとは想像もしていなかった。

「お母さん、ぼけてるよ」

「ええっ、本当?」

「うん、限りなく怪しい」

姉妹は小声で話し合い、そしてまた二人で、じっと彼女の言動を観察した。しばらく母は天井や室内に目をやっていたが、

「あら、サチとルリ、どうしたの。どうしてここにいるの」

とびっくりした顔をした。

「私たちのこと、わかる?」

「やだ、わかるに決まってるでしょ。自分が産んだ子のことを忘れるものですか」

母は笑った。でも、さっき忘れてたじゃないかと思いながら、サチは、

「お母さん、どうして帰ってきたの? 何かあったの? ここはどこだかわかる?」

とたずねた。すると母は、黙って首を傾けていたが、

「ここはシンジさんの家でしょ。どうしてあなたたちがいるの? あ、そうだった、遊びにきたんだったね」

とにっこり笑った。サチは、

「これは完全にだめだよ」

と驚いているルリに小声でいい、実家のいちばん奥の部屋に移動して、シンジの携帯

に電話をかけた。

「もしもしー」

のんびりした声が聞こえた。そのとたんサチは頭に血が上った。

「トミコの娘のサチです。母のこと、いったいどういう経緯なのか説明してくださいっ」

「ああ、トミコさんねえ。帰りたいっていうから、送っていっただけだよ」

まるで何事もなかったかのような口ぶりだった。母はいつから変調を来《きた》していたのかと聞いても、何のことかとしらばっくれる。

「嘘でしょ。母があんなふうになって、面倒くさくなったから追い出したんでしょっ」

「あんたのお母さんが帰りたいっていうから、帰しただけなんだよ。うるさいなあ」

「あんた、人として最低よ！」

サチが怒鳴ると一方的に電話を切られた。すぐにかけ直すと留守電に切り替わっていた。

「お母さん、あいつに捨てられたのよ」

サチはルリに、小声ではあるが力一杯怒りをこめて、吐き出すようにいい放った。その言葉にも母は何の反応も示さない。立ち上がって、落ち着かない様子で家の中を歩き回っている。ルリがトイレにいきたいのかと聞くと、うなずいたので手を取って連れていった。まだ自分で用は足せるようだ。

「どうしよう、おねえちゃん」

「今日と明日はここで過ごしてもらって、月曜日に病院に連れていこう」

ルリも承諾した。サチは上司の携帯に、月曜日の午前中に休む旨のメールを送った。

母の状態に不安を抱きながら、サチは月曜日の朝、車で母を迎えにいった。すでに義弟や子供たちは家を出た後だった。母はセミロングの髪の毛をゴムでひとつに結んで、ソファの上に座っていて、そしてサチの顔を見ると、「こんにちは」と頭を下げた。

「あ、ああ、こんにちは」

明らかに母の目には自分が他人として映っているらしい。ルリの顔を見ると、たった二日経《た》っただけなのに、ものすごく老けていた。

「おねえちゃん、あたし、無理よ」

ルリは深くため息をついた。とにかく母は現状を把握できず、トイレの場所も覚えられない。真夜中、寝ていると突然、ドアを開けて入ってきて、

「シンジさん、シンジさーん」

と何度も大声で呼ぶ。ドアや戸を開けて外に出てしまうし、子供たちが驚いて怯《おび》えて

しまったという。いちばん頼りにしたいときに相手に捨てられ、それでもまだあの人でなしの名前を呼んでいたと聞いて、サチは母が不憫《ふびん》でならなかった。

「とにかく病院にいこう。ところでお母さん、自分の通帳は持ってた？」

「うん、通帳も印鑑もあったけど、残金は千円しかなかった」

母も当然、遺産の分配を受けていたし、年金も二か月に一度、振り込まれている。なのに残金がこれだけとは。あの人でなしが、言葉巧みに騙《だま》して、横取りしたに違いない。

「サチ、いつ来たの」

母はまるっきりわからなくなったわけではなく、時折は頭の回路がつながる。

「さっきよ。お母さん体調はどう」

「元気よ。ありがとう」

もしかして記憶が戻ったのではと期待を持つと、次の瞬間、

「シンジさんが、街道沿いのラーメン屋で待ってるからいかなくちゃ」

と外に出ていこうとする。それを姉妹であわてて引き戻して、急いで病院に連れていった。母は車中ではこれからシンジさんに会いにいくと信じて疑っていなかった。病院では目を離すと、すぐに母が動き回るので、姉妹は彼女を両脇から抱えるようにして診察を受けた。百から次々に七を引いていったり、先生のいう単語を繰り返していったり、

まったくできないわけではないが、途中でひっかかる。幼稚園のお迎えにいかなくてはならないルリを先に帰し、サチは緊張でくたくたになってルリの家に戻った。

母は認知症と診断された。サチとルリ夫婦との会談がもたれた。義弟はほとんど口を挟まない。サチは、リフォームして変わったとはいえ、長い間住んでいた場所だし、ご近所の方もいるので、慣れた環境のここで暮らしたほうがいいのではと提案した。ルリは猛反対した。これから二人の子供の大事な小学校受験を控え、そのうえ認知症の母の面倒まで見られないという。

「おねえちゃんは一人暮らしなんだから、そっちで面倒を見てもらいたいわ。うちじゃとても無理。もうくったくたよ」

あれだけ母になついていたから、てっきりルリが引き取るつもりでいると思ったら、そうではなかった。

「私は土日はともかく、平日は働いているし。それに1LDKだからお母さんがいる場所なんてないわよ」

「一人がリビングで寝ればいいじゃない」

マンションのほうが戸建てよりも外出しにくいので、より安全だともいう。

「でも一度出たら、オートロックだから簡単に戻れないわよ。トイレの場所さえ忘れるのに、同じドアがずらっと並んでいるマンションで、部屋に戻れるわけないじゃない」

「おねえちゃんは一人でのんびり、私は小さい子供二人と、認知症の親の面倒も見なくちゃならないわけ？」

サチは何もいえなかった。ルリは一日も早く、子供中心の前のような平穏な日常に戻りたいのだ。今後の方針が決まったらすぐ引き取るからと、とりあえず母を同居させてもらえるように、拝み倒した。

ケースワーカーの女性も、どうしたらいちばんいいかを考えてくれた。サチが出勤した後に一人で母を室内に置いて大丈夫なものか、想像もつかない。ヘルパーさんは来てくれるけれど、時間が決められているし、介助できる内容も制限されている。

「特別養護老人ホームは二百人待ちなんです。でもデイケアサービスだったら、大丈夫だと思います」

デイケアサービスは、ここの自治体では家人の見送り、出迎えは必要がなく、朝、家を出て日中は施設で食事、入浴などを済ませ、夕方に家に帰ってくる。家の出入りは預けた鍵でしてくれる。できれば平日は毎日通ってもらえると助かるが、週に三日くらいだろうという話だった。

デイサービスの通所の許可が出て、それを報告するためにルリの家にいくと、彼女は睡眠不足で疲れきっていた。サチが今日、母を引き取るというと、ほっとした顔で弱々しく笑っていた。マンションの管理人にも母を連れて挨拶にいき、念のために写真も渡した。最初は落ち着かずに室内を歩き回っていた母も、ソファに座ってじっとテレビを観ている。サチは画用紙に、「トイレ」「台所」などと大きく書いて壁に貼り、母が認識できるようにした。そして必ず湯船の水は抜いておく。サチの出社時間のほうが、デイサービスの迎えの車が来るよりも早いので、母の朝食を準備して、テーブルの上に置いておく。そして夜は市販のお惣菜を買って帰る。家に戻って玄関の鍵を開けると、床に食べかけのトーストが落下していたり、キッチンの鍋類がすべて出されていたりする。トイレは自分でいけるので、首から下は元気なのがよかったと思うように努めた。しかしまだ慣れていないから外には出ないけれど、これから徘徊《はいかい》の問題も出てくるかもしれない。しかしまだ現実に起こっていない問題について悩んでも仕方がない。起きたら起きたでそのとき考えようと、サチは考えた。

母はデイサービスにも素直に通っているようで、散らかしたものを片づけながらサチが、

「どうだった？」

と聞くと、楽しかったという。一緒に住んでいるのが、娘のサチだとは七割方認識し

ているようだ。しかし一日に一度は必ず、「シンジさんはどこ？」がはじまる。父について何もいわないのは母の記憶から消されているからなのだろうか。シンジという名前を耳にするたびに、サチは腹が立ってくるので、「いい加減にシンジさんはやめろ」と怒鳴りたくもなるのだが、こんな状態の母に怒っても、結局は自分が悲しくなるだけだと、ぐっと堪えている。会社にも事情を話して、なるべく定時に帰れるようにしてもらった。夕食を向かい合って食べていると、

「シンジさんにも食べさせたいねえ」

などという。

「ああ、そうねえ」

サチは相槌《あいづち》を打ちながら、人生は自分の予定通りにはいかないと、つくづく思い知ったのだった。

義父、探す？

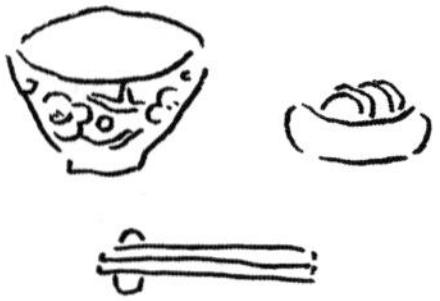

　マリは久しぶりのクラス会を楽しみにしていた。高校を卒業して二十四年間、一度も出席できなかった。一回目は実家の父親が急死して×、二回目は自分の結婚式と重なって×、三回目は出産当日で×、四回目は義母の葬式で×。五回目にしてやっと出席できたのである。高校生のときから仲よくしている友だちのうちの一人は、結婚相手の赴任でシンガポールに行き、もう一人は嫁ぎ先の老舗《しにせ》和菓子店が忙しく、二人とも出席できなかった。特に仲のいい人たちが一緒ではないけれど、クラスメートに会うのが楽しみで、義父、夫、息子の男三人分の昼食を作りおきし、とっておきの花柄のワンピースを着て、会場のレストランに出向いた。

　ドアを開けると、そこには懐かしい顔が並んでいた。

「サイトウさん」

　と一人の女性がマリの旧姓を呼んだ。クラスでいちばん勉強ができた、学級委員長のフジムラさんだった。

「お久しぶり、これまでずっとお会いできなかったわね。今日はお目にかかれるのを楽しみにしていたのよ」

マリが口を挟む隙もなく、早口でまくしたてた。頭の回転が速く、ジェンダーがどうのこうのと、議論をふっかけるのが大好きだった当時のフジムラさん、そのままだった。恰幅《かっぷく》がよくなったので、余計にフジムラさんらしさが際だっている。

「お久しぶりです。どういうわけか用事がいろいろと重なってしまって」

「そうだったわね。たしか一回目と四回目はご不幸があって、二回目は結婚式で、三回目は出産だったわね」

記憶力も健在だった。特別、親しくもなかったのに、どうしてそんなに他人のことを覚えているのだろうかと、マリはびっくりした。

特に胸がときめく男子がいないクラスでもあり、一部の女性たちは、激デブと呼ばれていた男子が別人のように恰好よくなり、現在はスポーツジムを経営している筋肉男性の周囲に寄っていっていたが、マリは興味がないので、ブッフェスタイルの料理に熱意を向けていた。

「サイトウさん、こんにちは」

マリとはあまり親しくしていなかった、お付きの二人を従えての、三人グループのボス的存在だったクニコさんたちがやってきた。彼女たちはクニコ組と呼ばれていた。彼女たちに頭のてっぺんからつま先まで、全身を品定めするようにちらりと見られて、マリは一瞬、言葉に詰まった。三人ともマリがヘアサロンで見た、ファッション雑誌で紹介されているようなスタイルだ。マリが着ているワンピースは、数年前、何かあったときにと購入したものの、その何かあったときがなく、休眠状態だったのが、今日やっと日の目を見たのだ。たしかに流行からはずれているかもしれないし、ヘアスタイルだって、なるべくヘアサロンに行かなくて済むようなセミロングだし、今時のファッションとはかけ離れているかもしれないが、生活にしてもファッションにしても、自分がそれでいいと納得しているのだから、とやかくいわれたくないと身構えた。

「今日はあとのお二人は？」

今日は欠席をした二人がマリと仲のいいグループだったのを覚えているらしい。

「二人とも、家の事情があって」

と彼女たちの事情を説明した。それを聞いたクニコさんは、

「あー、そうなんだ」

と同情ではない、ちょっと意味を含んだようないい方をした。

「サイトウさんは今はどうしてるの」

「私は専業主婦よ。子供は八歳で、結婚してからずっと家にいるの」

「えー、退屈じゃない。お子さんも八歳だったら、自分のことは自分でできるでしょう」

「義理の父と同居しているし、一昨年、義理の母が亡くなって、いろいろと大変だったのよ」

「あら、そんなこと関係ないんじゃないの。かえって働きやすいと思うけど」

話を切り替えるために、マリがクニコの勤め先を尋ねると、まってましたとばかりに、有名な企業の名前を出し、

「この間ね、昇進したの」

とバッグの中から名刺を出して、マリに渡した。名前の上に「次長」と肩書きがついている。

「部長候補なんですって、すごいわねえ」

クニコ組の二人が親分の肩越しに、話しかけてきた。

「女性で出世するのは、大変だったでしょうね」

マリは彼女たちに話を合わせた。

「あーら、そんなことはないのよ。うちの会社は能力主義だから、性別は関係ないの。それが当たり前なんだけど、まだまだ一般企業は遅れているからねえ」

クニコ組の二人もフルタイムで働いているのだそうだ。

「家事ばっかりやってると、考えが狭くなるでしょう。スーパーマーケットと小学校と家をいったり来たりするだけで終わる人生なんて、もったいない」

クニコ組はマリを相手に、いかに専業主婦がだめかを説教しはじめた。しばらくあれこれいわれた後、クニコさんは、はっとして、

「ご主人、お金持ちなの？」

と聞いてきた。

「とんでもない。普通のサラリーマンよ」

「へえ、どちらの？」

「クニコさんのところのような、有名な会社じゃないわ」

社名を聞き出せなかったので、彼女はがっかりしたようだ。

「それじゃあ、あなたはお義父《とう》さんとご主人と息子さんのお世話をずっとしているというわけね。男は甘やかしちゃだめよ。今日だってお昼ご飯を作ってきたんでしょ」

いい当てられたマリはぎくっとした。

「そんなことしていたら、自分の時間なんて持てないわよ。家事だって家族に協力してもらわなくちゃ。あなたがすべて引き受けることなんてないのよ。それを習慣にしてし

まうと、それでよくなっちゃうんだから。息子さんが結婚して孫が生まれて、『おばあちゃんに面倒を見てもらおう』って押しつけられたら、あなた、ずーっと人のお世話で一生が終わっちゃうわよ。もったいなーい。よく考えたほうがいいわよ」

彼女たちのいい分に、全面的に激怒できない自分がいた。

夫はどんなときも家事を手伝ったことはなかった。義母がいたので彼女と二人で手分けをしていたこともあるけれど、今は家事担当がマリ一人になった。それでも手伝ってはくれず、特におかずの量にうるさく、品数が少ないと、

「これだけ？」

と露骨にいやな顔をする。マリにしてみれば、三品おかずがあれば、十分だろうと思うのだが、五品は欲しいらしい。そして他に何も食卓に登場してこないとわかると、

「あーあ、一生懸命働いてこれだけか」

と恨めしそうにいう。そばに義父がいると、

「文句をいわないで、さっさと喰え」

と叱ってくれたのだが、最近はそんなこともなくなった。

(甘やかしすぎたのかな)

と後悔したが、自分がクラス会に出席したのは、日々の生活を反省するためではない

と、マリは思い直し、

「どうぞお体に気をつけて、お仕事、がんばってね」

といって、三人の前を離れた。今日、来られなかった二人が一緒にいれば、離れたところで、クニコ組の悪口を思いっきりいえるのにと、残念でたまらなかった。せっかくのクラス会だったのに、気分は盛り上がらなくなり、店の中央部に溜まる気もなく、部屋の隅でうじうじしていた。神様がマリを少し慰めてくれたのか、ビンゴ大会で四等の景品が当たった。一等は三万円の商品券。マリは景品のハンディーマッサージ器が入った大きな紙袋をぶら提げて、さっさと帰ってきた。

家に帰ったとたん、息子のショウタが走り寄ってきた。

「はい、おみやげ」

「わあ、何これ、何」

息子は紙袋の中身に興味津々だ。夫はソファにだらっと横になって、ゴルフ番組を観ている。

「お義父さん、ただいま」

義父はリビングのタンスの引き出しを開けたり閉めたりし、また自分の部屋に戻って、引き出しを片っ端から、調べている。

「何か探し物ですか」

「ああ、うん、ちょっとね」

特に気にも留めず、普段着に着替える。本当は帰り道、スーパーマーケットで食材を買おうと考えていたのだが、ビンゴで景品が当たって荷物が増えてしまったので、それができなかった。自分は運がいいのか悪いのかわからなかった。

「お父さん、これ何？」

息子がマッサージ器を取り出して夫に見せると、コンセントにつなぎ、

「ほ〜ら、こうやって使うんだぞ」

と息子の肩に載せた。

「きゃあ、わあ、何だか変だぞー。お父さんにやってあげるよ」

息子が夫のおでこにくっつけようとして、二人はきゃあきゃあ騒ぎながら、ソファの上でもつれ合っている。家を出ようとすると、義父がまだ引き出しを片っ端から、出したり入れたりしている。

「お義父さん、何を探しているんです？」

「いや、何でもないんだ」

マリは首をかしげながら、あらためて買い物に出かけた。

夕食の準備をしている間も、マリはクラス会でクニコ組にいわれたことを何度も思い出してしまった。野菜の皮を剝《む》いたり、鍋を洗ったりしている自分に、

(これって、そんなに不毛なことなの)

と何度もつぶやいた。外出して夕食の準備に間に合うように家に帰り、誰も手伝おうとしないので、一人でキッチンにこもって家族の食事を作る。夫の実家に同居したので、開放的なアイランドキッチンではなく、家族に背を向けて調理をする台所だ。夫に「これだけ？」といわれると腹が立つので、そういわれないように品数を作る。料理を作るのが好きというよりも、ほとんど意地のようなものだ。

その夜も家族はマリが作ったおかずを、すべて平らげた。しかし食器を下げるのも洗うのも、マリの役目だ。食洗機があれば便利なのにと、一度、ボーナス前に夫に話したことがあったが、

「ずっと家にいるんだから、必要ないだろ」

と即、却下された。おまけに、

「あれは働いてる忙しい女の人用」

と嫌みをいうおまけつき。そのときは、

「私だって遊んでいるわけじゃないわよ。あなたが着ている服だって食事だって、ボタ

ンを押せば出てくるわけじゃないのよ」

と怒ったら、

「わかってるよ。そんなの当たり前じゃないか」

と鼻で笑われたのだった。クニコ組の顔がまた浮かんできた。

（だめだ。しばらく取り憑《つ》かれそうだ）

四人分の食器を洗い終わり、台所を片づけると次は風呂に湯を張る。そして湯船が適温の湯で満たされると、義父がいちばん先に入り、そして夫と息子が入る。そして最後にマリが入って、軽く風呂の掃除をして、残り湯を洗濯機に入れて洗濯の予約をする。毎日、ほぼ同じ流れである。しかしその日は、義父は風呂に入ろうとせずに、まだ部屋の引き出しを開けたり閉めたりしていた。しかし声をかけると風呂に入っていったので、彼の探し物が気になってはいたけれど、深くは考えずに洗濯物をたたんでいた。

翌日、義父は自室で過ごしていた。

「お義父さん、今日は午後からショウタの学校の用事で出かけますから、お願いします」

一大イベントのＰＴＡの役員選挙があるのだ。選挙といっても誰もやりたがらないので、あみだくじで決めることになったのだ。

「ああ、ご苦労さん。それでマリさん、朝ご飯はまだかな」

マリは目をぱちぱちさせたまま、干そうとしていたタオルを手に立ち尽くした。

「お義父さん、朝七時に食べましたけど」

「いや、そんなことはない。食べてないぞ」

「でも……、トーストと、野菜スープとソーセージと……」

思い出してもらおうと、なるべく細かく内容を説明しても、

「食べてない」

と首を横に振り続ける。マリは夫の携帯に、義父からいわれた言葉をメールで送った。

するとしばらくして、

「食べたいんだから、食べさせてやればいいじゃないか」

と返信が来た。

「そういうことじゃないでしょう。変じゃないかっていってるのよっ」

むっとして返信したら、

「何か作ってやれよ。食べても食べなくても、それで本人の気が済むだろう」

と返してきた。マリはトーストとソーセージとほうれん草の炒め物を作って、義父の目の前に置いた。朝ご飯を完食したのに、義父はまたおいしそうに食べている。本人が

おいしそうにしているのならいいかしらと思いつつも、マリはちょっと不安になった。十二時に昼ご飯を出すと、それも完食した。

マリはＰＴＡの役員に見事に大当たりしてしまった。ほっとして顔を見合わせていたり、陰でガッツポーズをしている他の保護者の姿を見ながら、

（ああっ、私って、今、本当に運が悪いってわかったーっ）

と絶叫したくなった。当たるのはマッサージ器までにして欲しかった。もう一人の当選者である女性は、役員活動がやりたかったらしく、満面の笑みで、

「がんばりましょう」

とがっしりと手を握ってきた。

「あ、ああ、私は何もわからないので、よろしくお願い……」

最後はもごもごと口ごもってごまかした。

「これからご連絡することも多くなりますから、メールアドレス、教えてくださる？」

これから携帯電話に、面倒くさいＰＴＡ関係の連絡が届くかと思うと、すべてを着信拒否にしたくなる。隣にいた母親が、

「どうせやるなら、今のうちがいいと思うわよ。高学年になると中学受験を控えて大変らしいから」

と小声で慰めてくれた。息子が通っている学校の用事だし、できるだけいやだと思わないで、やるべきことをやろうと自分にいい聞かせた。

家に戻ると、息子は置いてあったスナック菓子を食べながら、

「お帰りなさい」

と出てきた。お母さん、役員になっちゃったよといおうとすると、

「おじいちゃん、また探してるよ」

という。急いで家の中に入ると、彼の自室だけではなく、リビングにも廊下にも、さまざまなものがぶちまけられている。義父は長い間教師をしていたので、歴代の卒業アルバムも散らばっている。

「何か探しているのなら、私も一緒に探しますけど」

マリが声をかけると、彼はすでに空になっている引き出しの中をさぐりながら、

「いや、いいんだ、いいんだ」

を繰り返す。彼女はこれは絶対に変だと確信しつつ、

「それじゃ、ここに散らばっているものを、一度、片づけましょうか」

と散らばった諸々《もろもろ》を集めはじめると、

「ああ、そうだね」

と義父は素直に拾ってくれた。ここでいいですかとたずねても、「うん」としかいわない義父には申し訳なかったけれども、物が彼の自室からははみだしていない状態に戻した。

マリがひと息ついていると、

「昼ご飯はまだできていないのか」

と義父がまじめな顔をしている。

「えっ、野菜の煮物とお味噌汁を……」

「いいや、食べてない」

義父は一直線の目でマリを見つめている。昼食を作り忘れたと錯覚するような、真剣なまなざしだった。心臓がどきどきしてきた。

「ちょっと待っていてください」

マリはなるべく夕食に障らないように、冷蔵庫の中にあった鮭で鮭茶漬けを作って出してみると、彼は満足そうに食べている。息子もこれまでとは違う、大食漢になったおじいちゃんを、不思議そうに見ている。

「おじいちゃんにおかしなところがあったら教えてね」

マリが耳打ちすると、ショウタは子供ながら、

「うん、わかった」

と神妙な顔でうなずいてくれた。

義父は夕食もいつもと同じように食べた。ふだんの三倍近くも食べて、大丈夫なのかしらと心配していたら、案の定、

「お母さん、おじいちゃんがトイレの前で吐いた」

と教えてくれた。義父に、大丈夫ですかとたずねても、何ともないという。とりあえず胃腸薬を飲ませ、ショウタが寝た後、マリは、どう考えてもお義父さんは変だから、検査を受けさせるなり、介護認定を受ける手続きをとったほうがいいと帰宅した夫に話した。

「やめとけよ。そんなことする必要はない」

「お義父さんのこと、心配じゃないの」

「年寄りには勘違いがつきものなんだよ」

「そうだったらいいけど、万が一、認知症だったら、きちんと対処しないと、お義父さんがかわいそうじゃないの」

「ただの老化だよ」

「どうしてそんなことがいえるの？　病気だったらどうするの」

「病気なわけないよ。おやじはずっと教師だったんだぞ。他のじいさんばあさんよりも、ずっと頭を使ってきてるんだ」

「そんなの何の根拠もないじゃないの」

「おやじを馬鹿にしてるのか」

「そういう意味じゃないわよ」

夫は介護認定を受けるのに大反対して、マリの話に聞く耳を持たなかった。

「このままほったらかして、状態がひどくなってきたら、私はどうしたらいいわけ。家のこと、ショウタの学校のこと、お義父さんの世話。全部私にやれっていうのっ」

夫に訴えると、彼は、

「それがお前の役目だろ」

といい、不愉快そうに自分の部屋に入っていってしまった。

「お前の役目って……、どういうことよ！」

マリは手元にあったクッションを、夫が消えた廊下めがけて投げつけてやった。

義父の様子は勘違いのそれではなかった。たしかに老化の一種ではあるが、三食とも食べた直後に、「ご飯はまだか」といい続けるのはやはり普通ではない。おまけに本人にも探し物が何だかわからない、不毛な物探しも続いている。マリが毎日、帰宅した夫

にその日の義父の行動を報告すると、

「うるさい。疲れて帰ってきてるのに、そんな話は聞きたくない」

と怒った。

「あなたは本当のことを知るのが、怖いだけなんでしょ」

溜まった気持ちをぶちまけると、夫は今まで見たことがない怖い目つきで、マリをにらみつけ、いつものように不快感を体一杯に表して自室にこもった。

翌日、会社に出かける前、夫はマリに、

「おやじのこと、実家や近所に相談したりするな」

といい放った。

「どうして」

「家の中のことを他人にべらべら喋《しゃべ》るんじゃないっていうことだ」

夫は出かけていった。マリは食器を洗いながら、夫が義父の状態に知らんぷりを決めこもうとし、また、そんな状態になったのを、他人に知られたくないと見栄を張っていることに呆《あき》れた。それから夫婦の会話はほとんどなくなった。義父はといえば相変わらず「ご飯はまだか」を繰り返し、マリが量を加減しても時折、吐いている。それをショウタが夫に報告すると、

「どうしてそんなことをするんだ！」

と義父を怒鳴りつける。かわいそうだとマリがかばうので、ますます夫は不愉快になっていった。

夫婦は不仲でも、子供を間にはさんだら、それを隠さなくてはならない。ショウタの好きな恐竜イベントがあり、ひと月前にチケットを購入していたので、そのような状態でも三人でいかなくてはならなかった。義父を一人で留守番させるのは心配だったけれど、マリはふだんより量を多めにして彼のために弁当を作り、念のためにガスの元栓を閉めて家を出た。ショウタはイベントで恐竜の骨やらCGを見て大興奮し、夫も彼の話をよく聞いて相手をしてやっている。それを見ていると彼をこの世に生み出した相方である夫への不満も、少しだけ薄らぐような気もしてきたが、やはり義父については、きちんとするべきことをしなくてはと、マリは心に決めた。

ショウタをはさんで三人で手をつなぎ、恐竜イベントの話をしながら帰ってくると、

「あれ、うちじゃないか」

と夫が立ち止まって斜め前方を指差した。マリが差された指の先を見ると、たしかに少しだけ見える我が家の屋根の上に、三人の作業服姿の男性がいる。夫はあわてて走っていき、マリもショウタと一緒に後を追った。家の前で夫は、

「いったい何をしているんだ」

と足場を組んでいる作業服の男性に向かって大声を出した。彼らはきょとんとした顔でこちらを見下ろしている。

「工事ですけど……」

「工事なんて頼んでないよ」

あわてて責任者であるらしい男性が見せてくれた書類を見た夫は、

「はあ？」

と書類に目を近づけた。マリも脇からのぞきこんでみると、それは二百万円のソーラーパネル設置の契約書のコピーで、契約者の欄に義父の署名、捺印があった。

「手付けの二十万円はそのときに現金でいただいたようです」

領収書のコピーもある。契約日はひと月半前になっている。マリが記憶をたどると、その日は朝から三人で出かけ、義父が一人で留守番をしていた。その留守中に勧められるまま契約してしまったらしい。そして今の今まで、マリたちには何も知らされていなかったのだ。

「ともかく、ちょっと待ってください」

夫は契約書を手に家にとびこみ、

「いったいどういうことだ」

と義父を怒鳴りつけた。

「そんなに怒鳴らないで」

マリが背後で気を揉《も》んでいると、義父は、

「さあ、知らない」

という。夫がコピーを示して、署名捺印してあるじゃないかといっても、「知らない」を繰り返すばかりだ。当時はまだ不毛な探し物はしていなかったし、おかしなところは思い当たらなかったが、義父の体には静かに変化が起きていたのだ。

ともかく工事は中止して欲しいと、マリと夫は平身低頭して事情を説明した。とりあえず工事関係の人々は帰ってくれたものの、足場は残したままだった。

「おれは忙しいから、あとはお前がやってくれよ」

仕事がはじまる月曜日、夫の言葉にマリは、

「あなたがこの家の責任者でしょう。何でも私にやらせないで」

と反撃すると、しぶしぶ先方の会社に連絡すると約束した。結局、手付け金の返却は求めず、足場の撤去費用も負担すると申し出をして、先方は納得してくれた。

「いい会社でよかったわ。ずるい会社だったら、契約書を盾に取って、ゴリ押しされた

って何もいえなかったわ。これからもこんなことが起こるかもしれないし。そんなときに介護認定をしてもらえば、証明になるから」

その夜、マリは夫に訴えた。

「そんなもの必要ない。これから一人にしなければいいっていう話だろ。お前が家にいるからいいじゃないか」

「私はPTAの仕事もしなくちゃならなくなるし、買い物だっていかなくちゃいけないの。そんなときはどうするのよ」

夫は家中の鍵をかけていけばいいとか、宅配を頼めとか、根本的な問題解決にはならないことばかりいいはじめた。

「どうして見て見ないふりをするの？　そのあげく、負担を私に押しつけるなんて」

マリは夫ににじり寄った。

「親と同居してるんだから、仕方ないじゃないか」

「私がいってるのは、そんなことじゃなーい！」

マリはバンッと大きな音をたてて、食卓を叩いた。両手の平がとても痛い。しかし怒りのほうが勝っていたので、じっと夫の顔をにらみつけていた。

「勝手にしろ！」

夫は足音荒く、部屋を出ていった。マリは明日、役所にいって介護認定の申請をしようと心に決めた。これから先を考えると、暗い気持ちになった。家事、ＰＴＡ、義父の世話……。夫は、専業主婦なんだから、それをすべてこなすのが当たり前と思っているらしい。

「ふざけんじゃないわよ」

思わず声が出た。すると風呂上がりの義父がやってきて、のんびりとした声でいった。

「晩ご飯はまだかね」

「これじゃだめですか」

マリがクッキーと温めた牛乳を用意すると、義父はおいしそうに食べている。これからどうなるんだろうか。どんな結果であっても、それに沿って暮らしていかなくてはならない。お義父さんだって、なりたくてこうなったわけじゃないのだ。それにしても夫の態度を思い出すと、また怒りがこみ上げてきた。義父には腹は立たないが、あいつには腹が立つ。再びやり場のない怒りがこみ上げてきて、マリはシンクの前で両手の拳《こぶし》を握りしめた。

「義父の様子がおかしいっ」

とあせったマリだったが、もしかしたら義父の行動は老人にありがちな、たまたまのことだったかもしれない。時間を置いたら元に戻るのかもしれないと、マリはささやかに期待した。しかし彼を観察していると、それは見事に裏切られた。家族で朝食を食べた後に、

「ご飯はまだかね」

が出るし、最近はクッキーと温めた牛乳では満足しなくなり、

「これだけか」

と嫌そうな顔をするようになった。ご飯はまだかというものの、食べすぎると後で必ず吐くので、いわれるままに出すわけにはいかない。無視すると洗濯をしようとするマリの後にくっついて、

「ご飯はまだか」

といい続ける。

先日も茶碗に二口ほどのご飯と、小皿にひじきの煮物をちょっとだけ入れて出すと、

「貧乏くさいなあ」

というのだ。これまで義父からは、どんな食事を出しても文句をいわれたことがなかった。夫が味付けやおかずの数に文句をいうと、

「作ってもらっているのだから、黙って食べなさい」

とたしなめてくれるほどだったのだ。

（これまで我慢していたものが、出てきたのかしら）

マリは不安になった。全自動洗濯機の前、庭の物干し場と、マリの後をくっついて歩く義父に、

「もうすぐお昼ご飯にしますから、それまでちょっと待ってくださいね」

と何度もいい続けたら、

「そうか、それは仕方ないな」

とやっと向こうが折れてくれた。ほっとして庭で洗濯物を干していると、家の中から大きな音がした。サンダルを蹴るように脱ぎ捨て、あわてて義父の部屋の前に立った。

「お義父さん、どうしましたか」

ドアの隙間から中をのぞくと、部屋いっぱいに棚の本がぶちまけられていた。

「また探し物ですか」

「うーん、まあ、そうなんだけど……」

「何ですか？　一緒に探しましょうか」

「いや、いいんだ」

以前と同じ会話が繰り返される。ちっともよくないよと思いながら見ていると、本の扱いが丁寧だった義父が、本棚から無造作に何冊もの本をつかみ取り、ちらりと書名を眺めた後、畳の上に放り投げる。表紙が開いて落下し、ページが折れても知らんぷりだ。

「大事な本じゃないんですか」

マリがあわてて本を拾い上げ、折れたページを元に戻しても、彼は、

「ああ、そうだねえ」

といいながら、本を畳の上に落とし続ける。

「いたたたた」

そのうちの一冊の本の角が、マリの腰を直撃した。腰をさすりながら、本を放り投げた張本人の顔を見ても、知らんぷりをしている。

(やっぱりおかしい。こんな人じゃなかったもの)

穏やかで優しい義父の姿ではなかった。片づけようとしても、次から次へと本は放り投げられるので、マリは片づけはあきらめ、義父の何を意図しているかわからない作業が終わるまで、手を出すのはやめにした。

少しでも気持ちを落ち着けようと、マリはコーヒーを淹《い》れた。ブラックでひと口飲んでから、トレイに義父の分と砂糖、温めた牛乳を添えて、

「コーヒーはいかがですか」

と持っていった。部屋の中には義父の膝の高さまで、めちゃくちゃに本が積み重なっていた。マリの声にも振り向こうとしない。

「お義父さん、コーヒー……」

手にした五冊の本を放り投げた彼が振り返った。そしていい香りを放っているコーヒーを見て、

「ありがとう」

といって手を伸ばした。

「ここ、少し片づけましょう」

マリはこの際だからと、出窓の上にトレイを置き、手と足をフル稼働させて、義父が学生時代からずっと使い続けている、木製の勉強机のところまで、人が通れる道を作った。義父はコーヒーの香りに引きつけられるように、満面に笑みを浮かべて近付いてきて、椅子に座ってコーヒーを飲んだ。必ず砂糖を二杯入れていたのに、ブラックのままで飲んで、顔をしかめている。

「いつも砂糖とミルクを入れていましたよ」

マリが入れてあげようとすると、

「いや、自分でできるから」

と彼女の手を払いのけ、砂糖入れの中に、それ用の添え付けのスプーンではなくコーヒースプーンを、一度、コーヒーに浸して突っ込んだ。しばらく彼はスプーンを手にしたままにしていたが、またブラックのままコーヒーを飲みはじめた。

「あの、砂糖は？」

「ああ、入れたから、大丈夫」

(入れてないよ)

マリは心の中でつぶやきながら、ちょっと妙な顔をしつつ、コーヒーを飲んでいる彼の顔を眺めていた。

部屋から逃げるようにマリはキッチンに戻ってコーヒーを飲んだ。すべての本を棚から落としたので、家の中は静かになった。もしかしたらと期待を持ったけれど、やはり現実は厳しい。いくら義父の行動がおかしいと夫に知らせても、「変ではない」としかいわないし、自分の親なのに露骨に不愉快そうな顔をするので、このところの出来事も夫には何も話していない。明日こそ役所に行って、要介護認定の詳しい話を聞いてこようと、マリは心に決めた。そして義父が風呂に入っている間に、本を適当に棚に戻して、布団を敷くスペースを作っておいた。

夫に相談せずに、役所に申請を出そうと決めた翌朝、朝ご飯を食べた直後に、みんながいる前で、義父が、

「ご飯はまだかね」

といった。目の前に食べ終わったばかりの、見事に完食した食器が並んでいるのにである。息子のショウタは、目をまん丸くしてマリの顔を見、マリは夫の顔を見た。

「たった今、食べたばかりじゃないか。自分の目の前にあるのは何なんだよ」

夫は顔をゆがめて吐き捨てるようにいい、家を出ていった。ショウタは、

「おじいちゃん、ちゃんと食べたよ。ほら、見てごらんよ」

と何度も義父の目の前にある茶碗を指差して教えている。孫がいくら説明しても、義父は頑固に、

「食べてない」

といい張っている。

「おじいちゃんに教えてくれてありがとね。気をつけていってらっしゃい」

マリはショウタを学校に送り出し、不満そうな義父の顔をじっと眺めた。

二人になった家の中で、彼は家事をしているマリの後をくっついて、

「ご飯はまだか」

といい続ける。さっき食べましたよといっても聞く耳を持たず、そのうち、

「ご飯を食べさせてもらえなくなった」

といいはじめた。マリは、

「はい、わかりましたよ」

とため息まじりに返事をすると、洗ったばかりの茶碗に少しだけご飯をよそい、義父が好きな常備菜の五色豆を小鉢に入れて、

「どうぞ」

と食卓の上に置いた。義父は今まで何も食べていなかったかのように、急いで椅子に座り、あっという間にそれらを平らげてしまった。

「これだけか」

「ご飯がなくなっちゃって。お昼はちゃんとご飯を炊きますから」

マリが空《から》になった炊飯器の釜を見せると、彼は不満そうな顔をして、ぶつぶつ何事かいいながら自分の部屋に入ってしまった。しばらくすると、ばたんばたんと音が聞こえてきた。マリが棚に収めた本をまた放り投げはじめたようだ。マリは早く役所に行かなければと、彼の部屋をのぞき、

「ちょっと買い物に行ってきます」

と声をかけた。積んである本を手にとって、またそれを放り投げるのを繰り返していた彼は手を止めてマリのほうを向き、

「ああそう、いってらっしゃい」

とにっこり笑った。そしてまた本を放り投げて、ありもしない何かを探しはじめた。

マリは小走りに家を出た。

（私が出かけるとき、笑ってちゃんと『いってらっしゃい』っていってくれたのに。それなのにどうして本をぶちまけたり、ご飯を食べてないってしつこくいったりするのかしら）

考えているうちに悲しくなってきた。その次に、夫に対して怒りがわいてきた。

（自分の父親のことなのに、まじめに考えようともしないで。自分の面子《メンツ》ばかり考えているんだから。おまけにお義父さんの面倒を見るのは私の役目だなんて、ひどすぎるわ）

怒って勢いがついたのか、いつもより早く役所に着いたような気がする。福祉課に行くとたまたまなのか、周辺で同じような立場の人が多いのか、想像していたよりも多くの人が順番を待っていた。みな私と同じような思いで来たのに違いないと思うと、隣の厚化粧のおばさんも、前のソファに座っている耳毛が出ていて、小声で文句をいい続け

ているおじさんも、同志のような気がしてきた。

四十分ほど待って、やっと順番がまわってきた。担当者の男性が、要介護認定について教えてくれた。役所に申請をした後、職員が家にやってきて状況を調査し、医者が状態を判断して書類を作成してくれる。それらを判定して要介護度が決定されるというのだった。

「要介護度が決定しましたら、どのようなサービスをご利用いただくか、ケアマネジャーとご相談していただくことになります」

マリはただうなずくしかなかった。話が終わったら、急いで家に帰らなければ、家の中がどうなっているかわからない。本が家全体にぶちまけられている可能性もある。帰りのスーパーマーケットでの買い物も即行で終え、とにかくできる限り早くと、小走りで家に帰った。

「ただいま」

息があがっていた。幸い家の中からは物音は聞こえてこない。そーっと義父の部屋をのぞくと、彼は崩れた本によりかかり目をつぶっていた。死んじゃったのかしらと、あわてて近寄ると、寝息をたてているので安心した。

「あんなに重い本を、持ち上げたり放り投げたりするんだから疲れるよね」

　マリは押し入れの中から薄掛け布団を出して、彼の体の上にかけた。要介護認定の申請をしたことは夫には黙っていた。

　後日、役所の職員がやってきた。ほとんど来客がない我が家に見知らぬ男女がやってきたので、義父はとてもうれしそうだ。リビングルームで四人で雑談をした。彼らはひと口だけお茶を飲んで、たわいもない雑談から本題へと移った。

「お父様は朝、何時頃起きられるのですか」

「そうですねえ、だいたい五時には目が覚めますね」

「お食事に好き嫌いは」

「何でも食べますよ。好き嫌いはないです。この人がいつもおいしい食事を作ってくれるので、ありがたいと思っています」

　義父は隣に座っているマリを指差した。

「そうですか、それはいいですね。お元気で何よりです」

「はい。親から腹八分目は健康の元だといわれてましたので、それは心がけています」

　義父はそういって胸を張った。料理を褒められたのはうれしいが、現実とは違うことを話すので、マリは義父に悟られないように、職員たちに向けて小さく首を横に振りながら、それは違うとアピールした。女性のほうが気がついてくれて、目で了解しましたと合図を送ってくれた。

「お仕事は何をなさっていたのですか」

男性がたずねると義父はまた姿勢を正し、

「中学校で日本史を教えておりました。教え子のなかには、野球の選手になったり、俳優になったり、有名な会社の社長になった者もおりますよ」

義父はうれしそうに笑った。教え子たちが立派になったのが、いまだにうれしいのだろう。

「それは素晴らしいですね」

職員二人は日常で何か困っていることはないか、不満はないかとたずねていたが、義父は、

「何もありません。満足しております」

ときっぱりという。マリは横で彼の話を聞きながら、

(お義父さん、全然、変じゃない)

と驚いていた。自分がこれまで見聞きしてきた現象は、いったい何だったのだろう。まさか幻覚でもあるまいし。なのに隣に座った義父は、どこも変なところがない。傍《はた》から見たら何の問題もないおじいちゃんだ。お茶を目の前にして、「お茶をもらっていな

い」などといわず、彼らとにこやかに話をしながら、お茶を飲んでいる。

（いったいどうなってるの、これ）

職員は小一時間で帰っていった。義父は名残惜《なごり》しそうに、

「またうちに遊びに来てくださいよ」

と彼らに声をかけていた。

「ちょっとそこまで、お見送りしてきます」

マリはサンダルをつっかけて、彼らと一緒に外に出た。

「ありがとうございました」

「いえ、こちらこそ」

二人は頭を下げた。

「あの、義父がまともというか、普通にお話ししていたので驚いたんです。ふだんは『ご飯はまだか』ってしつこくいったり、部屋中に卒業アルバムや本をばらまいたりして、変なんですけど。どうしたんでしょう。今日は本当に普通で……。ふだんと様子が違うので……」

マリは自分が役所で話したことが、嘘ではないのを二人にわかって欲しくて、あれはいつもの義父ではないと説明した。彼らはうなずきながら、

「そういう方は多いんですよ。家族ではなく見慣れない人間がやってくると、緊張するというか、気持ちがひきしまるというか、そのような状態になるようですね。お義父さんだけではないです。でも奥さんが黙っていらしたのでよかったです。なかにはご本人の目の前で、『いつもと全然違うじゃないか。どうして今日はそんなにまともなんだ』って怒り出すご家族もいらっしゃるんですよ」

そういいたくなる気持ちもとてもよくわかる。

何があっても動じなそうな、穏やかな二人の職員は帰っていった。これが刺激になって、義父が前のように戻ってくれたらと期待したが、家に一歩入ったとたん、マリは立ち尽くした。キッチンのシンク下に置いてあったボウルやざるが、廊下に転がっている。スイッチが入ったように急いでキッチンに走ると、シンク下の物入れの引き出しや、観音開きの戸が開けられていて、洗ったばかりのキッチンクロスや調理道具が床に転がっていた。こういったことをやらかすのは一人しかいない。

「お義父さんっ」

彼の部屋に行くと、机の前の椅子に座って本を読んでいた。自分は数時間前からこうやっていますとアピールしているような態度だ。

「おお、どうした」

「キッチンの引き出し開けましたよね」

「引き出し？」

彼は真顔で首をかしげた。

「廊下とか、キッチンの床に、ざるや布が散らばっているんですけど」

「ショウタがいたずらしたんじゃないか」

「ショウタはまだ学校から帰ってきてませんよ」

「おや、そうかい」

マリの興奮を吸収するような、淡々とした態度だ。

「さっきまでお客様がいらしていたの、覚えていますか？」

「お客様？　さあ、知らないな」

会話は成り立たなかった。マリは転がっている調理道具を洗い直し、煮沸消毒したばっかりのキッチンクロスを洗い直すはめになった。

要介護認定の次の段階は病院での診断だ。義父が病院に行ってくれるか心配だったが、久しぶりに外出できるのがうれしかったのか、素直に一緒に来てくれた。

「今日はどちらからいらっしゃいましたか」

医者は義父に聞いた。

「梅竹町からです」

「ああ、そうですか。ご住所をいえますか」

「梅竹町一丁目、えーと一丁目の、うーん、何だったっけな」

マリは鼻息を荒くしながら、必死に、

(二の八！)

と念を送ったがそれは伝わらず、

「うーん。一丁目の……、ちょっとわからないです」

と彼は恥ずかしそうに笑った。

「はい、わかりました。お歳はおいくつですか」

「えーと、六十二だったかな」

(えっ、今年七十八じゃないの)

何というサバのよみ方だとマリが呆れている一方で、医者は淡々と質問していった。

「これから三つの言葉をいいますから、私と同じようにいってみてください。後でまたうかがいますから、覚えておいてくださいね。桜、猫、電車」

「桜、猫、電車」

義父はゆっくりと繰り返した。これはいい感じだと見ていると、次は医者がいった数字を逆に繰り返すようにという。数字が三個の場合はできたけれど、四個になるとわからなくなる。五個の品物を見せて隠し、何があったかをいうテストも、全部は答えられない。

「知っている野菜をたくさんいってみてください」

といわれたときが、いちばん回答率が高く、マリも少しほっとした。

「さっき私が三つの言葉をいいましたけれど、もう一度いってみていただけますか」

マリは、

（桜、猫、電車）

と心の中でつぶやいたけれど、義父は、

「うーん」

と頭を掻《か》いている。

「ひとつは植物です」

医者がヒントをいっても、首をかしげるばかり。動物、乗り物というヒントで、やっと「電車」だけ思い出してくれた。息をつめていたマリは、どっと息を吐き出した。

「百から七を次々に引いていただけますか。まず百から七を引くといくつでしょうか」

「えーと、九十三」

「はい、それでは九十三から七を引いてください」

マリも一緒にやってみたが、数字が苦手な体質なので、一緒にやりながら胸がどきどきしてきた。

(九十三から七って、えーと隣から十借りてきて十三から七引いて、八十六か)

「うーん、八十六」

義父もちゃんとできた。

「はい、それでは八十六から七を引いてください」

(えーと……七十九、次は七十二……)

義父の頭の中をあれこれいう前に、自分の頭が心配になってきた。しかし義父は八十六引く七で詰まってしまい、そこでテストは終わりになった。

「これで終わりです。お疲れ様でした。体は大丈夫ですか」

医者は義父に優しく声をかけてくれた。

「はい、体だけは丈夫にできています」

たしかに首から下は元気なんだけどねえとマリはがっかりし、

「ありがとうございました」

と医者に礼をいって病院を出た。

「お義父さん、疲れたでしょう。たまには外でお茶でも飲みましょうか」

「ああ、いいねえ」

義父のうれしそうな顔を見て、マリは悲しくなってきた。ちゃんと会話が成り立つときもあるのに、どうしてあんな理解できない行動を取るのだろう。二人で近くのファミレスに入り、コーヒーを頼んだ。義父は外を見たり、店内を見渡したりして、少し落ち着かない様子だった。職員と面接していたときの姿から、他人と会っていると刺激になるのではと、

「町内でゲートボールやグラウンドゴルフの会があるみたいだけど、お義父さんも行ってみませんか」

といってみた。

「えっ、いいよ。ああいうのは好きじゃないから」

「そうなんですか？　でも外の空気を吸ったほうがいいんじゃないですか」

「週に一度は散歩がてら図書館に通っているから、それで十分だよ」

コーヒーを運んできた男性に、義父はありがとうと礼をいい、砂糖を入れた。義父は図書館になんか行っていない。ずっと家の中にいるだけなのに、彼の頭の中では毎週、図書館に行ったことになっているらしい。肯定も否定もできず、マリは黙ってコーヒー

を飲むしかなかった。しかし沈黙が続けば続くほど、義父はどんどん自分の世界に入ってしまい、元に戻らなくなってしまいそうだった。

「お義父さんの部屋は本でいっぱいですね。最近はどんな本を読んでいらっしゃるんですか」

マリがたずねると、義父は、

「うーん、いろいろだけどねえ」

とうれしそうに、

「『甲子夜話《かっしやわ》』や『幕末外交談』はいつ読んでも面白いね。藤沢周平もいいねえ」

書名だって作家名だってちゃんと覚えている。なのにどうして、桜や猫が覚えられないのか。考えれば考えるほどわけがわからない。理屈ではどうやっても説明がつかないので、義父についてはなぜ、どうしてはなるべく考えないように、そのつど対処していくしかない。三十分ほどしてマリが席を立とうとすると、義父は空になったカップを前にして、

「まだ何も来ないんだが」

とマリの顔を見た。彼女はそれには答えず、

「じゃ、出ましょうか」

と彼の腕を取って店の外に出た。

後日、義父には要介護1の認定が出た。家族にとっては大変な事態なのに、要介護のなかではいちばん軽いランクだった。結果が出てまで内緒にしておくわけにはいかないので、夫に書類を見せて説明した。

「何を勝手なことをやってるんだ。世間に恥をさらして」

夫は激怒していたが、マリは世間に恥をさらすという意味がわからず、ぽかんとしていた。

「おやじが勤めていた中学は、有名進学校に合格率が高い、優秀な中学だったんだ。そこに勤めていた人間が、ぼけたとなったら何ていわれるかわからないじゃないか」

どこまでいっても意味がわからない。

「どんな人だって歳を取れば、体調が悪くなるのは当たり前でしょう。あなたがいっているのは、昔のお義父さんのことばかりじゃない。どうして今のお義父さんを見ようとしないの」

夫はただ恥をかかされたとばかりを繰り返し、ケアマネジャーの女性が作ってくれた、デイサービスのプランも、とにかく近所や知り合いに恥をさらすからと頑《かたく》なに拒絶する。

介護が必要になった父親の姿は誰にも見せたくないらしい。そして、

「なるべく家から出さないように。外出するときは必ずお前が一緒に行け」

という。

「そんなの無理よ。PTAの役員にもなったし。お義父さんが週に三日でも、デイサービスに行ってくれたら、その間、時間が自由に使えるもの」

「お前のことなんかどうでもいいっ」

苛立《いらだ》って夫が怒鳴った。するとショウタがやってきて、

「お父さん、おじいちゃんは、ちょっと変だから、他の人に見てもらったほうがいいよ」

といった。

「ほらみろ、お前が余計なことをするから、ショウタがこんなに気を使っているじゃないか」

すべてマリを悪者にして、夫は自分の部屋に入ってしまった。

マリは夫を無視して、義父にデイサービスに行ってもらうように話を進めた。そこでは本も読めるし、昼食を食べてもらって、夕方には帰れるからと勧めると、素直に行ってくれたのだが、三日目には顔をしかめて、家から出ようとしなくなった。理由を聞いてもあそこは嫌だの一点張りで、部屋の前の廊下で足を踏ん張っている。そんなに嫌が

っているのを無理に行かせられないので、マリは理由を説明してしばらくお休みさせた。

ケアマネジャーに施設での義父の様子を聞いてもらうと、どうやら特別扱いされないのが、不満のようだという話だった。みんなと一緒に食事、みんなと一緒に散歩となると、不満そうな顔をしていたらしい。本当に読んでいるのかはわからないが、部屋の隅で持ってきた本を読んでいて、それに飽きると来所している他の人たちに、どれだけ自分は物を知っているかを自慢していた。ところが話がわかる人には敬遠され、話が理解できない人には無視をされ、すっかりへそを曲げてしまったという。マリがため息をつくと、ケアマネジャーが、高齢者で「先生」といわれていた立場の人たちは、プライドが高いので扱いが難しいという。家族には優しい義父だけど、外の人には違う態度だったのかもしれない。

朝食のとき、義父が、

「もう絶対にあそこには行かない」

といい、マリは夫に問い詰められた。すると夫は鬼の首でも取ったように、

「ほーらみろ。お前が一人で騒いでるだけなんだ。おやじが嫌がってるのに、いったい何を考えてるんだ」

といい放った。すると食後のお茶をすすっていた義父が、突然、

「なくよウグイスへいあんきょー」

と叫んだ。夫はぎょっとして親の顔を見て、

「おやじの気持ちは自分がいちばんよくわかっているのだから、お前はおれのいうことに従っていろ。こんな状態で外に出せるか」

と嫌みったらしくマリにいい、

「うるさい。大きな声を出すな」

と親を怒鳴って家を出ていった。義父が嫌だというものを無理には行かせられないし、別の施設に通えるかどうかをマリはケアマネジャーに調べてもらっていた。我が子でさえ幼稚園には喜んで行ってくれたのに、まさか義父がこんなことになるとは想像もしていなかった。

義父と二人になると、また、

「なくよウグイスへいあんきょー」

と叫び、その後に、

「朝ご飯はまだかね」

といった。中学校での授業を急に思い出したのだろうか。「なくよウグイス〜」が新たに加わり、「朝ご飯はまだか」とのダブル攻撃がはじまった。それでもマリは、義父

に関してはできるだけのことをしてあげたかった。聞き分けのない、残念ながら成長しない子供と同じなので、根気よくやっていかなければと腹を括《くく》った。義父には胃の負担にならないように、食パン半分をトーストにし、野菜スープを出して落ち着いてもらった。彼はおいしそうにそれらを食べている。

（お義父さん、あなたの面倒はちゃんと見るから心配しないで。でもお前が同じようになったときは……覚えてろよ）

マリは憎たらしい夫の顔を思い出しながら、再び両手の拳を握りしめたのだった。

母、歌う？

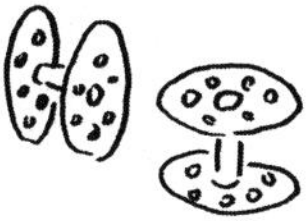

マドカは三年前、三十七歳になったとき、会社の食堂で同僚と雑談をしながら、ふと、

「私もそろそろ結婚したいな」

とつぶやいた。すると隣に座っていた同い年の既婚の男性が、高校の同級生で独身の男がいるから、会ってみないかといってくれた。彼いわく、

「人が好《よ》すぎて不安になるほどの男」

という話で、同性から見てそう感じる人ならば会ってみようかと、マドカはその気になった。

相手の男性は父親が経営する塾の講師をしていて、同僚の話の通り穏やかな性格だった。二人は半年後に結婚したものの、過去に何度か男性に裏切られていたマドカは、

(結婚したとたん、豹変《ひょうへん》するのでは)

と少し不安を感じていた。しかし夫になったマサユキは結婚前の性格のままで、家事も分担してくれ、彼女が頼む前にやって欲しいことをすべてしてくれた。

「あなたは女性として生まれても、最高の奥さんになったわね」

マドカが感心していると、夫はうれしそうに笑っていた。

夫は義父母《ふぼ》の自慢の一人息子だった。マドカと結婚するとき、義母《はは》は、マドカの家庭が母娘二人なのに難癖をつけたあげく、父親と死別ならばまあ仕方がないと、いっていたらしい。結婚直後にその話を夫から聞いたマドカは、

「それじゃ、両親が離婚していたら、だめだったのかしら」

と苦笑した。

「母親が反対したとしても、僕はマドカさんと結婚したけどね」

夫の言葉を聞いて、マドカは、

「まあ、うれしい」

と彼に抱きつくような年齢でも性格でもなかった。もちろんうれしかったけれど、それよりも同性として義母の言葉がひっかかった。それについては黙っていた。

そんな話を聞くと、結婚を許してやった的な考えの義母と、特別、仲よくする必要もないだろうと、マドカは向こうから求められれば会うけれど、こちらからは連絡はしなかった。それが義母には面白くなかった。子犬のように甘え、頼ってくるような嫁が欲しかったのだが、溺愛《できあい》する一人息子が結婚した相手は、会社の係長で男性の部下もいる、自分の理想とは正反対の嫁だったのだ。

マドカは連日、仕事のスケジュールがぎっちりとつまっていて、プライベートに割ける時間はどうしても少なくなる。土日は自由にできるようにしているけれど、平日の夜は接待も多い。義母は曜日など関係なく、突然、平日の夜に一緒にご飯を食べようと誘ってくる。

「僕は大丈夫だけど、マドカさんは残業だから無理だよ」

夫がそういうと義母は、

「自分の奥さんをどうしてさんづけするの」

と怒る。それでも夫は、

「うちではそうしてるから」

といい、またそれが義母の癇《かん》に障るのだった。なので夫はいつも一人で、義母が招集した食事会に行っていた。マドカとしては、家族三人だけで食事ができるから、そのほうがいいのではないかと思うのだけれど、義母としては、息子の妻は自分たちをないがしろにしていると、むかついていた。それを息子にぶつけても、

「仕事が忙しいんだから、仕方がないじゃない」

といわれるので、怒りの持って行き場がなくなり、次に自分の夫に、

「あんたがしっかりしないからよ」

と噛みつく。当然ながら義父《ちち》にも、

「おれは関係ない」

とスルーされるものだから、義母のマドカに対する怒りは、ずっとくすぶっているのだった。

たまに時間が空いて、夫婦揃って食事会に行くと、嫌みが腹の中に溜まっている義母は、いつまで仕事を続けるのか、子供はどうするのかと、質問攻めにした。

「そうですねえ」

マドカがのらりくらりとはぐらかしていると、義母は勝手にマドカが妊娠する時期、それも男の子だと決め、それに従って会社をやめる時期も決め、お父さんが亡くなったら塾を継ぎ、夫婦揃って塾を維持するのがつとめなのだと力説した。そんな義母に比べて、義父は塾の存続に執着がなく、彼女の妄想だけで終わっているのは幸いだった。義母にとってマドカは、結婚したのにわがまま放題の嫁だった。

結婚して三年、子供が出来る前に、マドカの母親が認知症と診断された。母親は実家で一人で暮らしていて、思えば虫の知らせだったのかもしれないが、マドカはふと思い立って会社の帰りに実家に立ち寄った。するとふだんは午後七時には夕食を済ませているのに、母親が九時すぎに味噌汁を作っている。こんな遅い時間にどうしたのだろうかと、マドカが何気なく味噌汁を味見したところ、卒倒するくらいひどい味だった。ただ味噌を入れすぎたとか、そういった程度ではなく、何をどうすればこんな味になるのかと驚愕《きょうがく》するほどだった。

マドカはスケジュールを調整して半休を取り、母親を病院に連れていって、病気が判明した。義母より五歳若いのに、ずっと母娘二人で暮らしていたのが、実家で一人で暮らすようになって、寂しいあまりにこんなことになったのではないかと、マドカは自分を責めた。夫には心配をかけてはいけないと、診断がおりてからはじめて話した。

夫は自分の母親が病気になったかのように、心配してくれた。デイサービスなどの施設を使うにしても、実家のある自治体では、家族の見送り、出迎えが必須になっていた。特別養護老人ホームに入るのを待っている高齢者は八百人。マドカの先輩の社員が、

「子育てが終わってほっとしたら、次は親の介護がやってきた」

と話していて、それを他人事《ひとごと》と聞いていたのが、現実となってしまった。自分は会社をやめるべきなのだろうか。でも何より仕事はやめたくない。病気の母親がいるのに、自分のことばかり考えている私は、とんでもない親不孝者なのではないかと、再び自分を責めた。そんなマドカの心中を察したのか、夫は、

「うちに連れてくればいいじゃないか」

といった。自分の頭の中で、そうしたいけれども、それはできないと押し込めていた言葉を、夫がいってくれたので、マドカはうれしいというより先に、あっけにとられてしまった。そして、

（この人、どこまで人がいいのだろうか）

とじっと彼の顔を見つめるしかできなかった。

「そうしよう。僕の資料置き場になっている部屋を空ければいいんだし」

今までの人生で、人前で泣いた記憶がないマドカは、はじめて、

「えーん」

と夫の前で泣いた。夫はそんな彼女の手を握り、

「一人で背負う必要はないよ。どこか入れてくれる施設が見つかるまで、二人でお母さんの世話をしていこう」

といってくれた。マドカはうなずきながら、もしかして自分はあまりに悩みすぎて、夢と現実がわからなくなってしまい、今は夢を見ているのかもとすら考えた。

それを知って、義母はキーッといきり立った。

「病気になったのはお気の毒だけど、どうしてマサユキまで巻き込まなくちゃいけないの？」

夫の実家は一階、二階が塾で、その上が住居になっている。そのビルから徒歩十五分のところに建っている、マドカたちが住むマンションの頭金は夫の実家から出ていて、自分たちもマンションの所有者の一人という感覚が義母にはあった。マドカ夫婦は夫の実家に呼びつけられ、義母の前に座らされた。マドカは、

「巻き込んだわけではありません」

と反論した。義父は同居に反対しているわけでもなく、相変わらず自分は関係ないといったポジションを貫いている。マドカが責められているのに腹を立てたマサユキが、

「結婚したのだから、マドカさんのお母さんだって身内だろ。別に問題ないじゃないか」

と加勢してくれた。

「マサユキ、あなた養子に入ったわけじゃないでしょ。あちらのお母さんを引き取るために、マンションの頭金を出してあげたわけじゃないのよ」

「そんなことといったって、年々、状況は変わっていくじゃないか」

「どうしてあちらのお母さんをそんなに……」

義母はもごもごと言葉を濁し、義父のほうを見た。

「あなたも何かいってよ」

「うーん」

相変わらず、義父は家庭内のトラブルについては、いつも「うーん」である。その「うーん」に呆《あき》れ果てた義母が主導権を握り、結局は、彼女の意見が実家の意見として、マドカたちの前につきつけられるのだった。

「ともかくマドカさんのお母さんを、放っておけないだろ」

夫の言葉に義母は黙っている。

「マドカさんだって会社を休むわけにはいかないし」

義母の眉がつり上がった。

「それが違うっていってるのよ。自分は勤めたいから仕事を続けます。時間が自由になる夫に世話を押しつけますというのでは、筋が通らないでしょ」

「マサユキさんに、母の世話を押しつけるつもりはありません」

「でもあなたはフルタイムの勤務だし。マサユキのほうが時間が自由になるから、お母様と関わりが強くなるんじゃないの。違いますか」

マドカは何もいえなくなった。

「それでもいいって僕がいってるんだから、いいじゃないか」

「えー、何いってるの？　介護なんて生半可な気持ちじゃできないのよ。わかってるの？　あなただって、私がどれだけお姑《しゅうとめ》さんの介護をしていたか、知っているでしょう。今よりももっと大変だったんだから。いやあねえ、マドカさんに洗脳されちゃって」

「洗脳なんかしていません」

「してるでしょ。実家は処分なさらないとうかがったけど、それならばあなたがご実家に通われたらどうなのかしら。マサユキは他人様の大事なお子さんをお預かりして、志望校に入学させるっていう重要な役目があるの。子供たちの人生がかかっている、大事な仕事なのよ。そんな夫に、代わりがいくらでもいるような仕事をしているあなたが、夫に自分の母親の世話をさせるなんて、私は納得できません」

「ですから私も時間があるときは……」

「ほーら、本音が出た。時間があるときっていっても、介護なんてしていたら、自分の時間なんてほとんどないに等しいの。朝から晩まで。すべて相手に合わせなくちゃならなくなるのよーっ」

マドカの言葉というより、自分の言葉に興奮してきた義母を見た義父は、

「マサユキも独立しているんだから、夫婦にまかせておけばいいじゃないか」

といってくれた。するとまた義母は、キーッとなっていたが、夫はマドカの手を引い

てそそくさと実家を出た。

「ごめんね。あの人は考え方が変なところがあるんだよ」

「すべてが間違っているとはいえないところが辛《つら》かったな」

「まあ、気にしないで、こちらはこちらでやっていこう」

優しい夫の背後に、いつもこちらをにらみつけている義母の生き霊を感じながら、マドカは夫と二人で家の中を片づけ、母親を迎える準備をした。

マドカたちの家にやってきた母親は、

「ここは何科ですか。お医者さんはどこにいるんですか」

と夫に何度も聞いていた。そのたびに彼は、

「お義母《かあ》さん、これからここで一緒に暮らすんですよ。よろしくお願いしますね」

と母親の手を握って説明した。

「そうですか。よろしくお願いします」

丁寧に頭を下げた十秒後に母親は、

「ここはツバメ病院ですか」

と実家の近所の眼科の名前をいったりする。そのたびに夫は丁寧に説明をしていた。

相手をしているのが自分だったら、

「もう、うるさい」

といいたくなるほどなのに、いくら同じ言葉を繰り返されても、はじめて聞いたように対応している夫に、マドカは申し訳なくてたまらなかった。

午前中の半休を使い、マドカはケアマネジャーと相談して、デイサービスに通わせてもらえるかどうか聞いてみた。希望者が多くて週に三日が限界で、実家の自治体と同じく見送りと出迎えが必要なものの、それが家族に限らないというのが救いだった。

「週に三日でも、外に出てもらっていると、こちらの負担も少なくなると思うの」

「そうだね。お義母さんにとっても、家でじっとしているより、外の人と接しているほうがいいし。朝は八時半に施設の車が来るんだったら、僕が見送りできるけど、夕方の出迎えは難しいな」

「夕方は私がパートタイムの人を雇うわ。マンションの下から部屋まで連れてきてもらえばいいわけでしょう。時間が前後をするのを考えても、夕方二時間くらいの拘束だったら、何とかなると思う」

「うん、そうだね。とりあえずその方向でいこう」

出迎えをお願いするのは近所の人がいいので、商店街でいちばん古い店舗の米店で聞いてみたら、奥さんの知人のヒサコさんが、ご主人が亡くなって一人でぼーっとしているので、頼んでみてあげるといってくれた。彼女が徒歩十分ほどのところに住んでいるのも好都合だった。

これで夫婦で母親介護のシフトを組んだ。デイサービスに通う日は、朝の見送りは夫、夕方の出迎えはヒサコさんに来てもらい、気付いたことをメールで連絡してもらう。通わない日はマドカが昼食を準備して母親を室内に残し、時間が空いたときに夫が様子を見に家に戻る。土日は集中的にマドカが相手をすると決まった。夫婦で相談している間、母親の部屋からは、「幸せなら手をたたこう」を歌っている声が聞こえてきた。

「お義母さん、機嫌がいいのかな」

「リラックスしているのかしらね」

マドカは自分の母親ながら、どのような心理状態でいるのかを測りかねていた。

母親介護シフト開始の日、マドカが緊張しながら昼休みにメールを開くと、

「無事、完了しました。お義母さんはにこにこしながら、車に乗っていきました」

と夫からの報告があった。スムーズに事が運んだようだ。夜六時半、会社を出る前にメールをチェックすると、

「ヒサコさんの出迎えは問題ありません。お義母さんは楽しそうに帰ってきて、折り紙をしたといっていたそうです。僕が見に行ったときも、テレビを観て笑っていました。

僕はこれから授業があるので、あとはよろしく」

とあった。ひとまず初日は無事に終わったと、マドカはほっとした。家への帰り道、スーパーマーケットで食材の買い出しをし、百円ショップできれいな柄の折り紙を買って帰った。

デイサービスに通う日はいいけれど、問題は朝からずっと母親を一人にしている日である。母親を気にして夫の仕事に差し障りが出てはいけないので、夫婦は室内を細かくチェックした。火の気を遠ざけ、マドカとしては自分の所持品よりも、夫の部屋に移動させた資料など、取り返しがつかない物品に被害が及ぶのは避けたいので、

「必ず外から鍵をかけておいてね」

と夫に念を押した。結婚してこのマンションに引っ越してきたとき、個室に内側からはともかく、外から鍵をかけられるようになっているのを、そんな必要があるのかと不思議に感じていたが、これがこんなときに役に立つとは想像もしていなかった。夫が鍵をかけるのを忘れさえしなければ、彼の所持品に被害が及ぶ可能性はない。バスタブにも水を張るのはやめ、窓はすべて二重鍵にして、とにかく事故が起きる可能性を極力排除した。

それが功を奏したのか、母親は一人で部屋にいなければならない日でも、昼間はマド

カが作ったお弁当を食べ、あとはおとなしくテレビを観ていた。授業の合間に、自転車で様子を見に行き来した夫からは、逐一、報告のメールが届いた。

「酒屋さんの御用聞きのシンさんっていわれた」

「往診のお医者さんと間違われた」

「大宮の叔父さんっていわれた」

娘の夫と認知されないのに、彼からのメールはどこか楽しそうだった。帰宅してからマドカが夫に、間違われてどうしていたのとたずねた。

「そのつど、適当に合わせているだけさ。いろいろな人間になれるから、芝居をしているみたいで面白いよ」

夫はそういってくれていたが、夫の姿がどうして他の人間にすり替わってしまうのか、マドカには理解できなかった。

夫婦が考えたシフトのおかげで、母親を引き取ってから、二か月間、トラブルも起きずに過ごしてきた。母親がまだ自分で用を足せるのも助かっている。排泄がままならなくなったら負担は増える。しかしこれから起こるであろう、マイナスの面だけを考えると、どんどん気分は暗くなっていくので、マドカはそうなったらそのときと開き直った。

そんなある日、義父母が手土産を持って訪ねてきた。

「お母様、お体、いかがですか」

キーッとなり、ぶつぶつ文句をいっていたのが嘘のように、義母は優しい声でマドカの母に声をかけた。

「ありがとうございます。元気にしています。二人にもよくしてもらって、本当にもったいないです」

それを聞いたマドカと夫は、もしかして病気が治ったのではないかと、思わず顔を見合わせた。

「そうですか、それはよかったですね。デイサービスに通われているそうで」

「は？　そうですか、いつですか。そんなところには行っていませんけれど」

二人はため息をついてうつむいた。義父母は顔を見合わせ、小さくうなずいてお互いの考えが一致したのを確認し、

「そうでしたか、それは失礼しました」

と丁寧に応対してくれた。それからかみ合っているんだか、かみ合ってないんだか、微妙な会話が交わされて、部屋にも微妙な空気が流れた。

「それではそろそろ……」

小一時間ほどして義父が腰を上げたとき、義母が、

「お母様、私が誰だかわかりますか？」

と聞いた。義父がチッと小さく舌打ちしたのが聞こえた。

「さあ、商店街の和菓子屋さんの店員さんなのはわかるのですが、お名前はちょっと……」

母親はすまなそうに笑った。

「あ、ああ、そうですか。それは失礼いたしました。どうぞお元気で」

義父母はマドカ夫婦の見送りを断り、

「お母さんのそばにいてあげなさい」

といって帰っていった。

その夜、マドカは義母からは何もいわれなかったが、夫は電話で、本当にあのような人を引き取って大丈夫なのかと念を押されたという。そして民間の施設に入れるのだったら、お金はあげないけど、貸してはあげられるといわれたらしい。

「まったく何をいっているんだか。自分だってこの先、どうなるかわからないのに」

夫は不機嫌になった。マドカはこの先を想像してみた。自分の母親の病状が好転するとは考えられず、介護認定のランクも上がっていくだろう。その間に義父母も同じような状態にならないとも限らない。夫婦二人で一人の面倒を見るのでさえ大変なのに、親

三人の介護などができるのだろうか。考えれば考えるほど、

「わあーっ」

と叫んで髪の毛をかきむしりたくなってくる。しかしそうしたとしても、現実は好転しないのだ。

夜、これから病状が進んだときに、どのようにしていこうかと二人で相談していると、深刻な表情をした母親が部屋から出てきた。

「どうしたの」

「あのねえ、宿題を忘れちゃったの。どうしよう」

「宿題？」

「そう、また怒られる。嫌だな」

「誰に」

「ミヤモト先生よ」

マドカは母親が学生時代に数学が大の苦手で、先生に叱られたという話をしていたのを思い出した。

「大丈夫、今日は先生はお休みだから」

とっさにそういってしまった。

「え、ほんと」

母親は目を輝かせた。

「うん、そうよ」

「よかった。また怒られるかと思った」

母親は無邪気に笑っている。きっと学生のときに、このような顔で友だちと笑い合っていたのだろう。よかったねと一緒に顔では笑いながら、母親のセーラー服姿の、女子学生だった頃の写真を思い出し、マドカの胸には悲しみがわきあがってきた。

「よかったね」

夫もとっさに同級生になってくれた。

「あ、エンドウくん、ありがとう」

今日は、というかこの瞬間は夫はエンドウくんだ。一時間後も彼がエンドウくんなのかは、母にしかわからない。

マドカは母親を部屋に連れていった。

「安心して。寝たほうがいいわ。明日はデイサービスの日でしょ」

「うん、そうね。おやすみ」

これまでの年代別の母親の姿が、多重人格のように彼女の体内に同居している。それが突発的に姿を現す。

「おやすみなさい」

不安になるといけないので、小さな電気スタンドはつけたまま、室内の電灯を消して部屋を出た。

「よく対応できたね」

「何が」

「学校の先生の話だよ」

「覚えていたから」

夫はマドカの顔を見つめた。

「それが大事なんだよね、きっと。マドカさんがお母さんの話したことを、よく聞いていた証拠だよ。何が好きだったとか嫌いだったとか。本人がスムーズに記憶が引き出せなくなったとき、思い出してあげられるのは、家族しかいないじゃないか。よく先に奥さんのほうが認知症になっちゃって、ケアマネジャーに聞かれても、何も奥さんのことがわからないっていう夫もいるじゃない。一緒に暮らしているんだから、お互いに関心を持ち続けてあげなくちゃ。もしうちの母親が病気になったら、僕、自信ないな。ああいう性格だからさ、相手をするのが面倒くさくて全部、聞き流していたから。覚えているのは『勉強しなさい』だけだもの」

二人は苦笑いをしながら、ふたたび相談しはじめると、「幸せなら手をたたこう」が聞こえてきた。

「えっ、やだ、どうしたのかしら」

ぱちぱちと手を叩く音も聞こえてくる。

「そのうち寝るんじゃないか」

夫婦は期待したけれど、母親の歌はエンドレスで、終わる気配はない。二人は母親の部屋をのぞくことはしないで、そのまま寝た。少しドアを開けた、夫婦それぞれの部屋に、いつまでもマドカの母親の歌と拍手が聞こえていた。

翌朝、マドカが出かけるときに、母親は睡眠不足で、朦朧《もうろう》としているようだった。しかし正しい生活サイクルに戻すために、

「今日はこのまま、デイサービスに連れていってもらう」

と夫がいうので、マドカは後を頼んで家を出た。夜中に行動しはじめる母親につきあっていたら、夫婦の体が持たない。何事もなければいいと、マドカが昼食時にメールをチェックすると、首を垂れてデイサービスの迎車に乗っている母親の画像が添付されていた。

「行くまでは目を開けていたのですが、車のシートに座ったとたん、寝てしまったようです」

友だちの幼い子供もこんな感じだったと、マドカは思った。次はヒサコさんに迷惑をかけなければいいけれどと、夕方の心配である。次から次へと心配事は絶えない。

午後六時にヒサコさんからメールが届いていた。

「私の顔を見たとたん、『チヨコさん、どうしてここにいるの』ととびついていらっしゃいました。懐かしいといわれましたので、チヨコさんのふりをしておりました。しばらくお宅にお邪魔してしまい、申し訳ありません。お母様はお元気で、おいしそうに台所に置いてあったどら焼きを召し上がっていました」

マドカは、本当にありがとうございましたと、メールが表示された画面に頭を下げてしまった。元気であるのならよしとしようと、残った仕事を片づけていると、夫からメールが来た。

「さきほど顔を出したら、『先生、お久しぶりです』っていわれました。話を聞いていると、どうやら書道部の部長先生と思っているようでした。でもしばらくしたら、『あら、マサユキさん、いつ帰ってきたの』って記憶が戻ってました。帰りは十時半過ぎになります。よろしく」

母親の記憶はまだら状態で、微妙になったり元に戻ったりを繰り返している。

「さあて、今夜、私が帰ったら、何ていわれるかな」

最初は様々な名前が出るたびに、軽くショックを受けていたけれど、最近は次に誰が出て来るのか楽しみにもなってきた。楽しみにでもしないと、精神状態が持たなくなったともいえるのだけれど。

夜、高層ビルにある会社の窓から外を見ると、星が光っている。部下の女性社員が、

「あんなに光った星だもの、お祈りしたら願いが叶《かな》うかもよ」

といい、くすくす笑いながら、二人で手を合わせて何事かつぶやいている。きっと恋愛関係のお願いに違いない。マドカはそんな乙女のようなことは今までしたことがなかったが、心に隙間《すきま》ができていたので、自分もお願いしてみた。

（私はどんなに罵倒《ばとう》されてもいいから、とりあえず義理の両親が元気でいますように。介護をすることになったとしても、せめて一人ずつになりますように）

真剣に心の底から祈った。

長兄、威張る？

土曜日、ユキが夫のマサルと二人で家を出ると、自宅の門の前を掃いていた隣の奥さんと出くわしてしまった。

「あら、お二人でお出かけ？　いいわねえ、うらやましいわ。私なんか主人と二人で出かけることなんか、全然、ないのよ」

無邪気な奥さんの言葉に、夫は曖昧《あいまい》な笑みを浮かべて、

「ああ、どうも」

とだけいい、ユキも、

「ああ、いえ、あの、行ってきます」

としどろもどろになった。彼女は夫婦でどこかに遊びにいくと思ったようだが、ユキは、それだったら、どんなにいいかしらと思った。

バス停まで歩く途中、夫は周囲の家や小さな公園に植えてある木々を見ながら、「ほとんどが葉桜だね」とか「あの大きな木、切っちゃったんだ」などという。黙っているわけにはいかないので、ユキは、「ああ、そうね」「古い木のようだったから、何か問題

があったんじゃないの」といった。それで会話は途切れ、二人は黙って歩いた。

夫婦の仲が悪いわけではない。たまに喧嘩はするけれど、もちろん夫からのDVもないし、結婚後もずっと働いているユキに対して、夫はとても協力的だ。しかし今日は、ユキは朝から気が重かった。一週間前にかかってきた、夫の長兄からの電話である。夫は五人兄弟の末っ子で、ユキの二歳上の四十五歳だ。長兄は夫より十三歳上の五十八歳、次兄は五十歳、三兄四十八歳、四兄四十六歳といった構成である。ユキは長兄が苦手だった。ユキの夫が生まれてすぐに父親が亡くなったので、十三、四歳の頃から長男の自分がしっかりしなくてはという自覚があり、それは父親がわりといった意識にもなっていった。それはそれでいいのだが、その意識が強すぎて何かといえば、弟たち、そして彼らが結婚してからは、結婚相手の義妹《いもうと》たちに命令するのである。

実家が土地持ちで、金銭的には多少の余裕がある家だったとはいえ、男子五人を女手ひとつで育てるのは大変だっただろうと、子供のいないユキでも、義母《はは》の辛《つら》さは推測できた。義母はさっぱりとした性格の人で、ユキは彼女に対しては嫌な感情を抱いたことはなかった。問題なのは何かあると、必ず口を挟んでくる長兄だった。しかし義母は長兄を頼りにしていて、彼が弟たちの家庭の問題に口を挟むのも、彼の愛情表現と喜んでいるふうでもあった。しかし自分たちの生活に関係のない長兄が、でしゃばってくるのは迷惑としかいえず、みな長兄とは関わらないようにしていた。

ユキたちが結婚して五年目、新年の兄弟の集まりの席で、夫婦になかなか子供ができないことについて、長兄に、

「お前たち、やることやってんのか」

と大声でいわれて、ユキたち夫婦は凍り付いた。次兄以下の義兄《あに》たちはあわてて、

「そんなこと新年からいうもんじゃないよ。何いってるんだ」

と取りなしてくれた。酔っていたのなら、酒の上の失言といいわけができるが、長兄は酒が飲めない。なので直球しか投げてこないのだ。そのうち彼は、「だから結婚には反対だった」「だいたい結婚して子供ができないなんて、結婚する意味がない」などといいはじめた。義母は、

「ほらほら、みんな仲よく」

というだけで、長兄を叱る様子もなく、長兄の妻のエイコは、ただおろおろするだけだった。マサルが激怒したのを、義兄たちが必死に宥《なだ》めてくれて、何とかその場は切り抜けたのであるが、ユキたち夫婦にとっては最悪の新年の幕開けになってしまった。

そんな長兄からの電話は、義母についてのことだった。義姉《あね》のエイコは、学校を卒業してすぐに長兄と見合い結婚して、夫の母親と夫の兄弟四人が暮らす家に嫁いできた。

長兄には逆らわず、ただずっと家事をして暮らしてきた。長兄が結婚したときに次兄をはじめ弟たちは全員十代で、マサルは当時を思い出して、「家に若い女の人がやってきて、とてもうれしかった」とユキに話したこともある。兄弟たちは大学進学で地方に行ったり、寮に入ったり、就職して一人暮らしをはじめたりと、一人、また一人と全員独立した。その後は、長兄、エイコ夫婦と娘二人、義母の五人暮らしになり、娘二人も結婚したので、それ以来、三人で暮らしている。

八年前、義母は友だちと旅行に出かけ、寺社仏閣巡りをしていて、石段から落ちた。そのとき膝を石段で強打して入院したのだが、その後の回復が思わしくなく、家にひきこもりがちになった。そのうちに足の機能も衰えてきて、今は車椅子生活になってしまった。本人も意気消沈したようで、日中はベッドに寝ていることも多くなってきたという。

その話は夫のすぐ上の兄、四兄からのメールで知った。長兄は何かあると次兄に電話をする。どうでもいいことも、重要なこともあるので、次兄がそれを自分のフィルターにかけて、これは兄弟に知らせたほうがよいと判断した事項が、携帯メールでみなに知らされるわけなのだ。

最近のいちばんのトラブルは、一昨年《おととし》、四兄が離婚して、その半年後に十六歳下の女性と再婚したときだった。たしかにみんなは驚いたけれども、前妻とはすべて話がついているし、大人なんだからあれこれ文句をいう必要もないのに、長兄にとっては、ものすごくはしたなく、みっともない出来事であったらしい。マサルの話によると、四兄は長兄から、

「どうしてその若い女を愛人にしておかなかったんだ。愛人を持つのは男の甲斐性《かいしょう》だが、離婚をするのは恥だ」

と勝手な考え方を押しつけられ、家の恥だと罵倒《ばとう》されたという。

「そんなことといったってさ、うちなんか由緒ある一族でも何でもない、普通の家なんだぜ。どうしてそんな発想になるのか、理解できない」

夫も首を傾《かし》げていた。

「家長制度をひきずっているような人よね」

「そうなんだよ。結局、母親が長男だからって、甘やかしたんじゃないのかなあ」

ユキ夫婦は困ったものだとうなずき合った。

そして今日は、その長兄と会わなくてはならない。夫の兄弟も妻たちも全員集合である。ただし義母についての話なので、実家ではなく、長兄指定の中華料理店に集合ということになったのだ。

路線が何本も交差する、駅ビルの上にある店の個室に入ると、約束の時間の二十分前なのに、すでに長兄は来ていた。

「お義兄《にい》さん、お久しぶりです」

ユキは頭を下げた。

「おう、まだ子供はできないのか」

夫の体が緊張したのがわかったので、ユキはにっこりと笑ってやりすごし、夫は、

「元気そうだね」

とぶっきらぼうにいった。

「まあな、健康診断でどこも悪いところがないんだ。血圧もγ《ガンマ》-ＧＴＰもすべて正常だ。医者もこの歳でこんなにまともな体なのは珍しいっていってた」

「ふーん、それはよかったね」

夫の全然、心のこもっていないいい方に、ユキはどきっとしたが、長兄はそれには気付いていないようで、

「うんうん」

と満足そうだった。

「お義姉《ねえ》さんは」

「ああ、家の用事を済ませて、後から来る」

「そうですか」

ユキたちはいちばん下っ端なので、ユキは夫と一緒に、円卓の出口にいちばん近い席に座った。長兄とは特に話すこともなく、三人はそれぞれ、室内を見渡したり、窓の外を眺めたりして時間を潰していた。

次々に兄弟夫婦がやってきた。四兄は十六歳下の今年三十歳になる妻を連れ、彼女は赤ん坊を抱えていた。一同は次々に赤ん坊の顔をのぞきこんだり、抱っこしたりして、長兄に尻を向けた。次兄の妻が、

「お義兄さんも抱っこしてあげたらいかがですか」

と声をかけた。彼女は次兄より十歳下で、ユキよりも三歳若いのである。たしか子供は中学生になったはずだ。

「ああ、おれはいい。赤ん坊は苦手だ」

長兄はそういって、茶碗に入った中国茶をぐいっと飲み干した。あまりに赤ん坊に関わると、また余計なことをいわれそうだったので、ユキと夫は一度ずつ抱っこして、

「かわいいね」

と当たり障りのない発言をして、席に座った。

「遅くなりました」

義姉のエイコが小走りに部屋に入ってきた。服は普段着ではなかったものの、髪の毛が逆立っていて、急いで出てきたのがわかった。

全員にメニューが配られたのに、決めるのは長兄である。店員さんに、

「おれは飲まないからお茶。あと他の者はビールを飲むので持ってきて。それと紹興酒もいるんだろ。高いんじゃなくて普通のでいいからそれも。料理のコースは上中下の中」

といった。

「それでいいな」

長兄ににらまれて、他の兄弟たちはうなずくしかなかった。

左右にいる兄弟とは会話を交わすが、誰も長兄夫婦には話しかけない。今、円卓は長兄がいないことになっているが、このままじゃ済まないのはわかっていたので、ユキは緊張していた。

次々に料理が運ばれてきた。

「うまいか？　うまいだろう。おれが選んだのだから、うまいに決まっているけどな」

一同、

「おいしいですね」

といったものの、みんなこの後に何が来るのかと、戦々恐々としていたのは同じだ。ユキは哺乳瓶からミルクを黙々と飲んでいる赤ん坊まで、この空気のなかに巻きこんでしまうのはかわいそうな気がしてきた。

肉類が出てきて、いちばん場が盛り上がったとき、長兄が、

「あのな、母さんのことだが、もううちでは面倒見きれなくてな。誰か面倒見てくれよ」

といった。エイコを含めた一同の手がぴたっと止まり、お互いの目をきょろきょろと見はじめた。

「お義姉さん、どうかしたの。体調でも悪いの」

次兄がエイコに聞いた。

「いえ、そんなことはないんです。私の体の具合が悪いとか、そういうことじゃ……」

「こら、お前、ちゃんとみんなにいってやれよ」

長兄は叱るような口調になった。エイコはもじもじしはじめた。

「あのな、いい加減、解放してやってくれよ。うちのやつ、結婚してから三十四年間、ずーっと母さんの面倒を見てるんだぞ。五十五になるが、これからは少し楽をさせてや

ろうと思ってな。これだけ男兄弟がいるんだから、何とかなるだろ」

一同は同時にうつむいた。みんなエイコの苦労を知っている。彼女が面倒を見てくれたから、自分たちは同じ生活を続けられたのだ。妻同士がお互いの目を探り合った。

「うちはちょっと……」

四兄が赤ん坊を抱いている妻に目をやった。

「ふん、勝手なことをするから、こういうことになるんだ。介護は大変だからまだ力がある若い人に面倒を見てもらったほうがいいんだがね」

すると次兄の四十歳の妻があわてて、

「うちは子供が中学校に入ったばかりで、これから受験もありますし。無理です」

と訴えた。するとユキと同い年の三兄の妻が、

「うちも小六と中三で、受験があるのでだめです」

とより大きな声を出した。ユキは隣に座っている夫と、

「どうする、どうする？」

「うちだってだめだよ。共働きなんだからさ。きみだって会社をやめたくないだろ」

と小声で相談していると、

「ほら、そこ、どうした。いいたいことがあったら、いいなさいよ」

まるで先生のような口調で長兄がいった。

「うちは共働きなんで無理です」

夫の声が少し震えていた。

「ふん。子供ができないから、働くしかないんだろ」

長兄の言葉にユキは頭に血が上ったが、夫が申し訳なさそうな顔で、テーブルの下でユキの手を握ってくれたので、斜め下を向いて怒りを床に向かって吐き出した。

「お義姉さんはよくやってくれていたと思うよ。兄さんが結婚したときは、おれは高校生だったけど、こんなむさくるしい男ばかりの家に、二十歳《はたち》ちょっとでやってきて、これまで義理の弟たちと自分の娘二人と母さんの世話と、本当によくやってくれたし、みんな感謝してる。でも急にそういわれても、すぐに返事ができる問題じゃないし。自分たちの生活を急に変えるのは難しいんだよ」

次兄の言葉に一同はうなずいた。

「母さん、どんな具合なの」

三兄が聞いた。

「頭はしっかりしているけど、足がな。リハビリに行けばもうちょっと何とかなるはずなんだが、本人に行く気がないんだ。ケアマネジャーが紹介してくれたリハビリ施設は、うちから片道二時間かかるんだよ。それで気を遣っているのか、リハビリには行かないっていいはじめてな」

「あの……、私が車の運転ができればいいんですけどねえ」

エイコが蚊の鳴くような声でいった。

「お義姉さんのせいじゃないんだから、そんなふうに思う必要はないですよ」

三兄の妻が慰めた。

「ええ、ああ、はい」

エイコはピンクの花柄のハンカチで鼻の頭を何度も押さえた。家の近くのリハビリ施設は定員がいっぱいで、遠方のそこしか空いてないのだという。

「だからな、今はずっと家でテレビを観て寝てるだけだ」

長兄はいい放った。

「うーん」

一同はおいしそうな肉料理を前に、急に食欲が落ちてきた。お義姉さんへは感謝してもしきれないくらいだ。といってもふだんはそんなことを、ユキも夫もころっと忘れていた。長兄とは関わり合いたくないものだから、家を訪れるということはなかったが、ユキは母の日とエイコの誕生日には、長兄の家に花を贈っていた。そのたびに義母からは丁寧な礼状が、彼女からはうれしそうな電話がきた。それですべてを済ませてきてしまったのだった。きっと義姉には、誰にもいえない辛いことがたくさんあったのだろう。同じ女性として、これからずっと同じ生活を彼女に強《し》いるのは、酷なことに間違いなかった。かといって自分が替われるものでもない。

(困ったなあ)

ユキは箸を手に取って、少しずつ黒酢の酢豚を食べはじめた。三兄の妻がそれをちらりと見ているのには、気がついていなかった。

「母さんは何ていってるの」

四兄が口を開いた。そのついでに酢豚を口にいれてくれたので、ユキはちょっとほっとした。

「死にたい、しかいわないよ」

ひんやりとした空気が個室に充満した。それを察知したかのように、赤ん坊がぐずり出し、四兄の妻が部屋を出ていった。

「困ったなあ」

三兄はしきりに頭を掻《か》いている。ユキはこれまで大変だったなあと、労《いたわ》るような気持ちでエイコを見ると、驚くような食欲で、目の前の料理をほぼ完食しつつあるのに気がついた。一同がしんみりしているなかで、彼女はせっせと箸を動かしている。ずっと家の中でお義母《かあ》さんの世話をしていたから、外食も久しぶりなのはわかるけど、この店の量は多めだし、ちょっと食べ過ぎじゃないのと、ユキはエイコをじっと見つめた。そんな義妹の視線にも気付くことなく、エイコは目の前の皿だけが関心事のようだった。

「お義姉さん、よく食べているわね」

そっと夫の耳元でささやいた。彼はちらりとエイコに目をやった。

「本当だね。ストレスを発散させているのかな」

エイコ以外は、中華料理をぼそぼそと食べるという、状況に似合わない会食を続けながら、次兄が口を開いた。

「兄さんはどうしたらいちばんいいと思ってるの」

「うん、おれはなあ」

ユキは夫の喉がごくっと鳴ったのが聞こえた。

「施設に入れればいいんだろ。そうしたらお前たちの生活にも迷惑がかからないし。ただ金銭的な負担はしてもらうけどな」

「あのね、私がそうしたいっていったわけじゃないのよ。施設にお義母さんを入れるのは、反対したんだけど。お父さんがそうしろっていうから……」

　エイコが口を挟んできた。

「施設ねえ」

　四兄は両手を頭の後ろで組んだ。

「死にたいなんていっている人間を、施設に入れちゃってもいいの？　何十年も息子夫婦と一緒に暮らしてきたのに」

　一同はうーんとうなった。

「でもね、お母さんは、施設に行ってもいいって、いったのよ。少し前だけど」

　エイコが会話に入ってきた。久しぶりに外食でエネルギーを補給して、饒舌《じょうぜつ》になったのかとユキは思った。

「でも、そのときはそう思ったとしても、今は違うかもしれないし……」

　次兄は一同を見渡した。みんな何といっていいやらわからず、曖昧な笑いを浮かべたり、何のリアクションもしないで目の前の皿を眺めていた。

「それじゃなければ、回り持ちだな」

「回り持ち？」

　一同は同時に声を上げた。

「そう。みんなで平等に面倒を見る」

「平等に面倒を見るって、車椅子のお母さんを、家につれてきて、みんながかわりばんこに面倒を見るっていうことですか」

三兄の妻が眉間《みけん》に皺《しわ》を寄せた。

「それはお母さんだってかわいそうだよ。たらい回しっていうことじゃないか」

三兄もちょっと怒っている。

「むふふ、まあそうともいえるな」

長兄がふくみ笑いをしたので、また雰囲気が悪くなった。

「それ、ひどくないか」

四兄も怒っている。長兄はにやりと笑いながら、椅子に反《そ》っくり返った。

「回り持ちは冗談だよ。洒落《しゃれ》が通じない奴らだなあ。嫁さんたちに交替でうちに来てもらうっていうことだ。泊まるわけじゃなくて、朝来て、夕方に家に帰る。それだったらいいだろう」

「えーっ」

大声を出したのは次兄の妻だった。

「そんな……、今だってこんなに忙しいのに、うちからお義兄さんの家まで、二時間もかかるんですよ」

「話によると、あんたは最近、働きはじめたらしいな。それはやめられないのか」

次兄の妻は驚いた表情でエイコの顔を見た。きっと彼女にそんな話をして、それが長兄に伝わったのだろうが、エイコは知らんぷりをしていた。

「やめられるわけないじゃないですか。これから子供がどういう学校に進学するかもわからないし。教育費がかかるんですよ。だから働きはじめたのに。暇をもてあましているから働いているわけじゃないんです。みんなそうですよ」

次兄の妻は、ユキより年下ではあるが、長兄に対してはっきりと意見を述べていた。立派だなあと感心していた矢先、彼女が、

「それだったら子供がいない人のほうが、負担が少ないと思います」

といい出したので、ユキはぎょっとした。

「ふむ、それもそうだな」

長兄がうなずいているのを見て、隣であうあうと声にならない声を発している夫のかわりに、ユキが、

「たしかにうちには子供はいませんが、そう簡単に会社をやめることはできません。責任がありますから」

ときっぱりといった。そのとたん夫は、ふーっと息を吐き、小さくうなずきながらユ

キの顔を見た。次兄は椅子に座り直した。

「遠くに住んでいる者をわざわざ来させないでも、ケアマネジャーに聞いたら、ヘルパーさんだって派遣してくれるんじゃないの。そのほうがいいでしょう。おれたちの家庭をかき乱さなくても」

妻たちは大きくうなずいた。

「それじゃ、お前たちは母さんの面倒を見るのが嫌だっていうことだな」

「そんなことはいってませんっ」

次兄の妻が大声を出した。

「慣れない私たちが、ばたばたするよりも、仕事としてやっているプロの人にまかせたほうが、いいんじゃないかっていうことです」

「どうして最初からそうしなかったの？　これまでだって、無理にお義姉さんだけに介護させなくたって、よかったじゃない。幸い、母さんは頭はしっかりしているんだし」

次兄夫婦が結束して頑張ってくれているので、他の弟夫婦たちは、だんだん彼らにまかせておこうといった態度になってきた。

「それもいわれたがね。おれは他人が家に入ってくるのが嫌なんだ」

「はあ？」

一同はぽかんとした。

「そうなんですか、お義姉さん」

「ええ、まあねえ。主人がそういうものですからねえ」

エイコはまた鼻の頭をハンカチで押さえた。

「意味がわからん」

次兄は頭を抱えた。

「だからな、お前たちの手を煩わせず、家にも他人を入れずにうまくやるのは、施設に入れるしかないんだ」

「そういう、母さんを追い出すようないい方はやめなよ」

「だって仕方がないだろう。じゃあ、お前のところで面倒見てくれるのか？　できないんだろ。それだったらさっきお前たちがいったように、プロに頼むしかないじゃないか」

「…………」

一同は黙ってしまった。自分たちは面倒を見ることはできないが、義母が納得しているのならともかく、そうでない状況で彼女を施設に入れるのは、心がとがめた。

「それでね。特別養護老人ホームをいろいろ調べてみたんですけどね」

エイコがバッグからささっとファイルを取り出した。それを受け取った長兄は、

「いちばん安いところはひと月に九万九千円、高いのは、えーと二十四万円だ」

といい放った。

「えっ、特養で」

「今年できたばかりで、施設も立派なんだ」

ずいぶん値段が違うのねと、一同は会話を交わしながら、エイコが持ってきた施設のファイルを眺めた。

「それでどうするの、決めてるの」

「こっちの意向は決めているが、まず入れないな。だいたい特養は五百人待ちだそうだから」

「五百人……」

義兄たちはあれこれ長兄に聞いている。ユキがファイルを見ると、ひと月の経費がいちばん安い施設は六人部屋で狭く、高い施設はインターネット可能な個室で、設備も豪華だった。

「それじゃ、月々二十四万円出しても、すぐには入れないっていうこと」

次兄がたずねると長兄は、

「そういうことだ。いちおう申請はするけれど、母さんが生きている間はまあ、無理だろうな、あははは」

と笑った。笑うような問題じゃないだろうとユキは呆《あき》れたが、長兄夫婦はどこかうれしそうな雰囲気を漂わせている。

「母さんにそれを見せたの」

「ああ、見せた。どこでもいいから、好きにしてくれって。どこでもあんたが選んでくれたところに行くっていってた。家にいられないんだったら、どこに行っても同じだって」

義母の言葉を聞くと、ユキは心が痛んだ。でも自分はどうすることもできない。

一同は供された麺をずるずると音をたててすすりながら、いったいどうしたものかと考え続けていた。長兄夫婦と次兄の話し合いは続いている。

「特養が無理なら、民間の施設に入ってもらうしかないわけだね」

「そういうことなの。そこで民間だと入居時に入所金がいるわけね。それを少なくすると、月々の支払いが高くなるというしくみになっているのよ」

エイコがセールスマンみたいな表情と口調になってきた。

「それをこちらにも負担しろと」

「当然だろ」

長兄は威張った。いくら長男だからといって、すべてを負担させるわけにはいかないのはわかるけれど、どうもこの人を助けてあげるという気にはなれない。

「おれもちゃんと考えてるぞ。おい、お前、年収はいくらなんだ」

長兄は四兄を指差した。

「えっ、ここで」

四兄はうろたえていたが、

「六百くらい……」

と小声でいった。ユキの夫は顔を近づけてきて、耳元で、

「おれより少ない」

といった。彼女は兄弟よりも収入が多いとか少ないとかは、どうでもよかった。とにかく義母の問題を何とかしなければという気持ちのほうが勝っていた。

「それよりも多い奴も少ない奴もいるだろう。だから収入に応じて払ってもらう金額をおれが決める。正直にいえよ。これだったら平等だろ。うははははは」

隣ではエイコもうっすらと笑っている。エイコは自分の負担が軽くなるからだろうか、表情が明るくなっている。

「入所金はピンからキリなのね。高いほうは天井知らずだし。でもだいたい入所金は普通、三百万円から五百万円。高いのは五千万円っていうところかな。ほほほほ」

はーっという弟夫婦たちのため息が合体した音が聞こえた。

「それで月々は、まあ二十万円あれば大丈夫みたいよ」

それぞれの夫婦は、必死に頭の中で計算していた。入所金を仮に五百万、月々二十万として、収入が同じとした場合、入所金負担は百万円、月々四万円の出費増になる。ユキの家は夫婦二人なので、痛いのは痛いけれどまあ何とかやっていけそうだが、これから進学する子供たちを抱えている家では、それだけの負担は大変なのではないか。すると三兄の妻と赤ん坊を抱いていた四兄の若妻が、

「うちは無理ですっ」

とまるで相談したかのように同時に叫んだ。

「無理、無理、そんなの無理。ぜったいに無理です。うちははずしてください」

三兄の妻は首を横に振り続けた。

「何だ、お前、そんなに安月給なのか」

長兄にいわれた三兄は仏頂面《ぶっちょうづら》になった。すると妻が、

「安月給じゃないですけど、さっきもいったように、うちは子供が二人いて、これから

教育費がかかるんです。お義兄さんはどれだけ教育費がかかるか知らないんでしょう」

と怒りはじめ、私立校の学費、私大の学費がどれだけ高額かを説明しはじめた。長兄はむっとした顔で聞いている。その隣でエイコは自分には無関係という顔で、麺の汁まできれいに飲み干した。

「ふーん、公立や国立に通えないくらい、頭が悪いのか。うちの娘二人は国立だったから、結構安くあがったぞ」

それを聞いた三兄の妻が鬼の形相になったのがわかると、三兄が、

「学費が高い安いじゃなくて、子供たちに合った教育をさせたいっていうことだよ。学費が高いからって、子供たちが行きたがっている学校をあきらめさせるわけにはいかないじゃないか」

と妻に助け船を出した。事態は紛糾の様相を呈してきた。

「お義母さんのことも大事ですが、うちは子供を優先にしたいです。本当に教育費が大変なんですから」

三兄の妻は長兄に何度も訴え続けている。そういわれた彼は目をつぶり、腕を組んだまま動かない。彼女の訴えが終わり、彼が何かいうかとユキが見ていると、目を開けても無言だった。

「あの、うちも大変ですからっ」

負けじと次兄の妻がいうと、長兄はむっとした顔で彼女の顔をにらみつけ、大きな音をたてて、ずずずーっと一気に麺をすすった。

ユキは、中華料理の円卓には、深刻な話題は似合わないと気がついた。室内の重い空気が両肩にのしかかってきて、肩が凝ってきた。円卓は座っている全員の表情がよく見える。すべてを牛耳《ぎゅうじ》ろうとする長兄のひとこと、ひとことで、座っている義兄夫婦たちの顔が変わる。それを見ているだけでも、暗い気持ちになってきた。

「メール、来た」

夫のマサルがささやいて、円卓の下でスマホをユキに見せた。次兄からの「この後、兄さん抜きで相談しよう。場所は駅の反対側にあるバス停前の喫茶店」という内容だった。ユキが小さくうなずくと、夫はすぐに返信した。ひとことも発しなくても、同席している他の人たちと連絡が取れる。しかしそんな状況は、明らかに変だった。

長兄に「回り持ちの一日がかりのお世話」「介護施設入所のための毎月の援助」を提案され、どっちか決めろといわれても、弟夫婦たちにとっては究極の選択だった。

「お義母さんだって、急に歳を取ったわけじゃないんだから、お義兄さんは今まで何も考えてなかったんですか。私たち、急にそんなことをいわれたって困るんですけど」

次兄の妻が積極的に出た。

「何だ、お前、おれを責めるのか」

長兄がドスのきいた声でいうと、次兄が大声を出した。

「『お前』はやめてください。おれだってそんなふうに呼んだことはないんだから」

「ふんっ」

鼻息で返事をした長兄は、

「あなたはおれたちの対応の仕方が悪いっていっているのだね」

と嫌みったらしくゆっくりした口調になった。

「悪いとはいってないです。ただこういうことは予想されたんではないかと……」

「予想ったって、お前、親がいくつまで生きるとか、わからないだろうが」

「お父さん、お前っていわないで」

妻のエイコがあわてて長兄の腕を引っ張った。

「それじゃ、こいつがこのままずーっと母親の世話をしていればいいというのか」

「そうはいってませんけど……」

次兄の妻の声は小さくなった。

「また最初に戻ったか」

三兄が口を開くと、はーっというため息がみんなの口から漏れた。

「ともかく、今日、ここで結論を出すのは無理みたいだから時間をやろう。月末までに決めて連絡してくれ。じゃあ」

長兄はさっさと席を立った。

「よろしくお願いします」

エイコも口元にハンカチを当てて、あわてて部屋を出ていった。

残された弟夫婦たちはしばらくぼーっとしていたが、次兄の声にうながされて、ぞろぞろと店を出ようとすると、店員さんから会計が済んでいないと呼び止められた。

「ええーっ」

一同が仰天していると、次兄の妻が涙目になりながら財布を取り出したので、あわてて割り勘にした。兄弟たちは、ひどい、ひどすぎると口々にいいながら、喫茶店に移動した。赤ん坊連れの四兄の妻を先に帰したその他の人々の顔は、中華料理店にいたときよりもずっと険しくなっていた。

「ものすごく濃いコーヒーを飲みたい気分だ」

次兄が怒りを丸出しにすると、みんな大きくうなずき、エスプレッソを注文した。それが運ばれてきて、口にした順番で、「はあ〜」という体をゆるめるため息が、そここ

こで聞こえた。しばらくの沈黙の後、次兄が、

「困ったな、どうする」

と口を開いた。みんなエイコが大変だったのは認めていた。すべて彼女がやってくれていたので、それでよしとほったらかしにしていたのも事実である。それなりに気遣いはしていたけれど、根本的に彼女の労力が軽減されていたわけではない。ユキ夫婦も子供がいない気楽さから、数年ほど前までは、会社が休みになるたびに、国内、海外に旅行に出かけて楽しんでいた。結婚してからほとんど旅行にも出かけていないであろうエイコに、お土産なども買ってきてはいたが、自分たちが楽しんでいる間も、彼女は家の中にいて家事をし続けていた。みんなエイコには感謝をし、うしろめたい気持ちを抱いていた。それが何十年か経《た》って、今、爆発したのだ。

「お義兄さんが、エイコさんにまかせっきりで、自分は知らんぷりだったから、こんなことになったんじゃないの。威張るばかりで、自分は何もしていなかったんじゃない」

次兄の妻が怒りはじめた。実母なのだから、夫が少しでも協力して、妻が外出したり、友人と遊びに行くような時間を作ってあげていれば、こんなことにはならなかった。今、こちらに求められているのは、エイコさんの代わりであり、それなのにヘルパーさんを家に入れるのがいやだというのは理解できないと憤慨している。妻たちはうなずき合い、

男性陣は「うーん」となっている。

「できるならお義兄さんに、『あんたがやれば』っていいたいわ」

長兄は自分のわがままばかりを押し通している。エイコさんは彼女なりにいろいろな考えを持っていたのに、彼が聞く耳を持たなかったのかも知れない。それが何十年も続いたので、さすがに鬼の長兄も妻がかわいそうになったのだろう。そう考えると夫婦内の問題にも思えるし、介護保険を利用すれば、少しでも彼女の負担を軽減できるのに、それも長兄はいやがっている。

「おれたちの母親だからなあ」

四兄がぽつりといった。

新たに人数分のブレンドコーヒーが運ばれてきた。目の前の新しいコーヒーを眺めても、出てくるのはため息ばかりだ。子供が二人いる三兄の妻は、自分のふだんの生活からは、「嫁」という立場は意識しなかったけれど、こういうときに「嫁」という立場がのしかかってくると暗い顔をした。

労力か金銭かという選択を迫られて、結論は簡単には出なかった。金で片が付くのなら、そのほうがいいのではという人もいたし、回り持ちなら、それほど負担にならないかもという人もいたが、必ずそれに反対する人が出る。正直いえば、みんな両方いやだったのだ。

「一度、確認のために、お義母さんの話も聞いたほうがよくないかしら」

次兄の妻がいった。頭はまだしっかりしているのだし、直接、話を聞かないと本当のことはわからないという。それもそうだわと、ユキがうなずいていると、彼女に、

「じゃあ、ユキさん、お願い。あなただったら時間が自由になるでしょ。ちょっと寄って、話を聞いてきてくれればいいから。私たちは子供の用事で時間が取れないのよ」

と勝手に指名された。

「ユキさん、悪いね」

次兄にも頼まれ、ユキがびっくりしている間に、役目が決められて、解散になった。

帰り道、ちょっと怒っているユキに、マサルが自分も一緒に行こうかといってくれたが、へたに二人で行ったら、私たちがお義母さんを引き取ると思われるから、私一人で行くと断った。会合の翌日、ユキは長兄宅に電話をして、エイコに今度の土曜日、お義母さんと話したいと説明した。すると彼女は、

「お義母さんが喜ぶわ」

と妙に明るくなった。私たちが引き取ると勘違いしていませんようにと願いながら、カレンダーを眺めた。

ユキの家から小一時間かかる距離にある長兄宅を、手土産の佃煮《つくだに》を持って久しぶりに訪れた。古い家なので、庭には代々の松の木や梅の木が植えられて、花壇にはエイコが育てた花や、植木鉢がたくさん並べられていた。愛想のいいエイコが出てきて、

「今日はお父さんは、学生時代の友だちと、箱根に一泊旅行に出かけてるのよ」

というので、ユキは心の中でガッツポーズをしたが、のんきに一人で外出している長兄が腹立たしくもあった。

「ユキさんが来てくれましたよ」

義母の部屋に入ると、こもったようなむっとした湿気が襲ってきた。ベッドに寝てテレビを観ていた彼女は、リモコンでスイッチを消して体を起こした。

「久しぶり。元気そうで何よりね」

と声をかけてくれた。義母は顔色もよく肌もつやつやしている。長兄の話だともっとくすんで陰気で、絶望的な感じになっているのかと想像していたが、雰囲気が明るくて表情もいいのでユキはほっとした。

「お義母さんこそ、お変わりなくお元気で何よりです」

「はあ、まあ、何とかねえ」

ユキと目を合わせないようにして、彼女は口ごもった。ユキは勧められるまま、ベッ

ドの足元のほうに置いてあるスツールに座った。枕元にはテレビのリモコンと、番組表が載っている雑誌。その他、時代小説の文庫本が二冊置いてあった。ユキは室内のあちらこちらを見ながら、いったいどうやって話の糸口をつかめばいいかを必死に考えていた。

「はい、どうぞ」

エイコがにこにこしながら、お茶とどら焼きを持ってきた。ユキはありがとうございます、おかまいなくといいながら、ずっとこの人は同席するつもりかしらと不安になった。どうやって義母の本心を聞き出そうかと考えていると、電話がかかってきた。台所に走っていったエイコの、

「あらー、ミツコさん、久しぶりねえ」

という声が聞こえ、台所を見ると彼女は食卓の椅子をひきずってきて、電話の前に座っていた。

「ミツコさんって、エイコさんの学生時代からの親友なの」

義母が教えてくれた。話が長くなりそうでありがたかった。ユキは義母と二人でどら焼きを食べながら、

「たくさんお花が飾ってありますね」

と棚に造花がぎっちぎちに詰め込まれている部屋を眺めた。タンスの上には生花も飾られ、そこここにファンシーな置き物がある。

「エイコさんが全部やってくれるから」

「華やかでいいですね」

「うーん、毎日眺めすぎて飽きちゃって、もう何とも思わなくなっちゃった」

予想と違う展開になって、ユキはあせった。棚のところに見覚えのあるものが置いてあった。一時期流行《はや》っていた、ソープバスケットという手芸で、固形せっけんを土台にして、そこへ虫ピンでレースなどを留め付けていくもので、棚の上にずらっと並んでいるのは白鳥だった。

「懐かしい」

「それもエイコさんが作ったの。ほら、そっちにもバラの花があるでしょ。それもよ。何だかエイコさんの手芸作品を飾る部屋になっちゃって」

義母が遠慮がちながら、不満を持っているのがわかった。台所からはエイコのはしゃいだ声が聞こえてきている。ユキは小声で、

「ちょっと困ってますか」

と聞いてみた。すると義母は顔を寄せてきて、「そうなの」という。自分はもっとす

っきりとした部屋がいいのに、エイコさんが何かと、花やら手なぐさみの手芸品やらを持ってきて、片っ端から飾り付けるものだから、まるで商品が売れない店の倉庫の中にいる気分になるのだという。しかし自分のことを心にかけてくれているからなので、いらないというのも悪くて、口に出せないというのだった。

「この足がもうちょっと動いてくれればねえ。今はこの自家用車のお世話にならないと、どうにもならないのよ」

ベッドの傍らには車椅子が置いてあった。リハビリのことも聞いてみると、義母の足はまったく動かないわけではなく、歩くのにはやや不具合があるという程度らしい。

「それだったらリハビリに行きましょうよ。ずっと寝ていてもよくならないでしょうし」

義母は黙ってうなずいている。遠方なのも聞いて知ってはいるけれど、リハビリをすれば動く可能性があるものを、放っておいて動けなくするのは、もったいないではないかとユキは説得した。義母の顔を見ていると、元気があるように見えたし、すべてをあきらめたふうには、ユキには見えなかった。頭もはっきりしているし、ずっと寝てばかりいるのは本当にもったいなかった。

「それはそうなんだけどねえ……」

「部屋もお義母さんの気に入るようにしましょうよ。ね、いらないものは捨てましょう」

夫に捨て魔と呼ばれているユキは立ち上がり、埃《ほこり》をかぶって花弁が薄汚れている、造花のユリや胡蝶蘭《こちょうらん》の鉢を、手を伸ばして棚の上から床に下ろした。

「こんな埃を吸っていたら、体にも悪いですよ。私が片づけますから指示してください」

ユキが捨てるための袋を探していると、義母が、そこにゴミ袋があるからと、棚の下の引き戸を指差した。

袋を何枚も取り出して、ユキはまず薄汚れた造花のユリと胡蝶蘭を、植木鉢からひっこ抜いて袋に入れた。

「あの上の棚にあるのもいらない。全部ね」

天井に近い棚に置いてあった造花や手芸品はすべて埃をかぶっている。ユキがそれを全部床に下ろし終わると、義母は、

「せっけんは埃を洗ったら使えるかもしれないから、とっておいて」

という。ユキはそれに従って、ピンなどを分別し、せっけんを別の小袋にまとめた。

全部で五十個になった。義母の指示に従って、飾ってあるものの八割方を床に下ろして

いると、長電話を終えたエイコがやってきた。

「どうしたんです？」

床いっぱいに並んだ置き物や造花を見て、目を丸くしている。

「ユキさんに片づけてもらってるの。汚れているものもたくさんあるし。不潔でしょ」

「不潔だなんて、そんな。この造花、シルクで作ったんですよ」

エイコは造花の花びらに積もった埃を指で払い落とそうとしたが、もちろん作った当初には戻らない。

「ねっ、だめでしょ。この際、若い人の力を借りて、ぱーっと物をなくそうと思って」

義母の声に張りが出てきたような気がする。

「そうですか……」

エイコは落胆していた。

「お義姉さんの気持ちは十分に伝わっていますよ。造花は枯れないかもしれないけど、やっぱり捨て時はあるんじゃないでしょうか」

ユキがやんわりと話すと、造花の汚れが取れないとわかったエイコは、

「わかりました」

としぶしぶ同意した。かといって作業を手伝うわけではなく、部屋を出ていった。

「さあ、今のうちに」

義母にせかされて、ユキはさっさと不要品を袋に突っ込み、仏頂面をしているエイコから雑巾《ぞうきん》を受け取って、義母の部屋の棚を拭き、残り二割の置き物や造花、生花を並べなおした。それでも結構な量だった。不要物の量は45リットル用のゴミ袋で十個にもなった。ゴミは門の裏手横のゴミ入れにと指示されたので、ユキは何度も室内と外を往復して、部屋はすっきりした。そして最後に床を雑巾で拭き上げた。

「ありがとう。うれしい。さーっと風が通る感じになったわね」

義母は手を叩いて喜んでいる。むっとした部屋の湿度が下がったようだった。

「エイコさん、お茶のおかわり、お願い」

義母が声を上げると、しばらくしてまだ仏頂面の義姉が、トレイに紅茶とロールケーキをのせて持ってきた。

「きれいになったでしょう」

うれしそうにいう義母に、義姉は、

「そうですね」

と昔のロボットのような抑揚のない口調でいい、姿を消した。

「ああ、すっきりした、よかった」

紅茶を飲みながら、義母は何度も口にした。エイコの手前、一緒に大喜びもできないので、ユキは黙ってにこにこ笑っているしかなかった。義母の姿を見ていると、とても「死にたい」などといっていた人には見えない。といっても高齢なので、気持ちが弱ったときは、そう思った日もあるだろう。でも今の彼女は、前向きに生きていける人に間違いなかった。きっと模様替えもせず、ずーっと同じ景色を見続けすぎて、それが当たり前になってしまい、前向きになろうにもなれなかったのだ。

「ちょっと、トイレへ」

義母がベッドの縁に座り、車椅子に移動しようとするのを見て、ユキは、

「私の肩につかまって行けませんか」

といってみた。

「えっ、どうかしら。家の中でも自家用車に乗っているばかりだし……」

肩につかまり、そっと立ち上がろうとしたけれど、足の筋力が衰えているのか、すぐにまた座ってしまった。仕方なく車椅子に乗ってもらったが、押すのになれていないユキが、四苦八苦していると、エイコがやってきて、黙って義母をトイレに連れていった。そして部屋まで戻り、義母をベッドに座らせるとまた姿を消した。「私は拗《す》ねております」という雰囲気を体中から発散させていた。

「この足がねえ」

義母は右手を握って、悔しそうに何度も膝の横を叩いている。リハビリをする気があるのかと、ユキがもう一度聞くと、義母は、片道二時間もかかるから簡単には行けないし、みんなに迷惑をかけるからという。

「お義母さんが少しでも歩けるようになれば、みんなそのほうを喜ぶと思いますけど」

「でもねえ、それぞれ家庭があるから。無理をして私のためにしてくれなくても……」

義母は完全にリハビリを拒絶しているわけではない。ただ子供たちの手間を考えて、遠慮しているだけなのだ。ユキはずっと膝の横を叩き続けている義母を見て、

「お義兄さんたちと相談します。もし施設に送り迎えしてくれる人がいたら、リハビリに通ってくれますよね」

と念を押した。すると義母は申し訳なさそうな顔をして、こっくりとうなずいた。

「また来ますね。体に気をつけて」

ユキは庭にいたエイコに、「お邪魔しました、ごちそうさまでした」と声をかけて長兄の家を出た。彼女は「はい、どうも」と暗い声でいい、見送りもしなかった。

ユキは家に戻り、夫に実家での出来事を話した。

「お義母さん、やる気があるのよ。だから交替で施設まで送り迎えできないかしら」

「そうだな、相談してみるよ。捨て魔もたまには役に立つんだな」

夫の言葉に、当たり前だとユキは胸を張った。夫は早速、兄たちにＬＩＮＥで連絡を取っていた。

彼らは、長兄の話とは少し違う義母の姿に驚いていた。「死にたい、しかいわない」と聞いていたので、母親とはいえ、そんな重い気持ちの人間と関わり合うのは避けたいと考えていたのが、実は違うようだとわかったからである。「こっちを脅すつもりが、逆効果になったんだな」と長兄にあらためて呆れる兄あり、「そんな薄汚れた部屋にいたら、気持ちが滅入《めい》るのも当たり前だ」など、義兄たちは義母のリハビリ対策に前向きになってくれた。そして次兄が実家に行って、義母と話してくれることになった。

後日のＬＩＮＥでの報告によると、次兄は家にいた長兄と喧嘩になり、腹を立てて帰ってきたという。リハビリ施設への送り迎えだけではなく、とにかく日中、面倒を見ろといわれたらしい。施設への送迎は往復で四時問かかるので、それだけで半日が潰れてしまうが、それだけではなく、夕方までずっと家にいて介護をしろ、それがだめなら施設に入所をしかいわない。「話にならない」と次兄は怒り心頭だ。義母は、「ユキさんが部屋をきれいにしてくれた」と喜んでいて、リハビリ施設に通うことも了承したという。しかし長兄は、「少しでも気分を明るくしようとしていた、エイコの厚意を踏みにじった」と怒っていたという。

「あの人は自分がやること以外、全部、気に入らないんだよなあ」

夫はため息をついて、長兄をのぞく兄たちと連絡を取り合っていた。

夫婦間でも話し合いが持たれ、介護に関して消極的だった義兄たちの妻も、態度が軟化してきた。しかし長兄は、

「中途半端なことでごまかすな！」

と怒っている。あいつがいちばん問題だと、弟たちが呆れ果てていたところへ、エイコから次兄のところに、

「お父さんが倒れました」

と電話が入った。驚いたものの弟たちは、「やっぱり」「あんなに頭に血が上る性格じゃあ、そうなる」と納得した。命に別状はなく加療のため入院生活に入った。もちろん義姉のエイコは病院でつきっきりである。そうなると義母は家でひとりきりになってしまう。

「考えてみれば、あの人が家にいなければ、問題がないような気がするんだよな」

マサルはいった。義母に会いたくないわけではなく、あの家に長兄がいるから、行きたくなかった。迷っている場合ではなく、義母の世話をする必要が出てきた。エイコも

含めて相談した結果、入院中の長兄については家族にすべてまかせ、弟夫婦たちが交替で義母をリハビリ施設に送り迎えし、鬼のいぬ間にヘルパーさんにも来てもらって、エイコや自分たちの負担も軽減するようにした。

ペーパードライバーのユキは、夫から特訓をしたほうがよいといわれて、彼を助手席に乗せて、町内を巡ったり、駅前のスーパーマーケットまで買い物に行ったりした。

「うん、まあ、何とか大丈夫そうだな。施設も車庫入れする必要はないし。でも気を緩めないで、安全運転で行けよ」

と固くいい渡された。久しぶりにハンドルを握ったときは、ちょっとどきどきしたけれど、そのうちに感覚も戻ってきて、自信が持てるようになってきた。

実家に義母を迎えに行くと、彼女は一人でいた。

「エイコさんが大変なのよ。お兄さんがわがままばかりいうから、毎日、振り回されちゃって。病院からも注意されたようだし、小さい頃はあんな子じゃなかったんだけどねえ」

義母は長兄をお兄さんと呼んで、それなりに頼りにしてきたのだ。ユキは介護の番組で見た段取りで、彼女を車の座席に座らせ、車椅子を折りたたんで、トランクに入れた。

「済まないねえ。悪いねえ」

義母はひたすら詫《わ》び続ける。

「そんなことといわないで。お義母さんがやりたいっていうんだから、協力しますよ。お義兄さん夫婦も、みなさんそういってくれていますから、安心してください」

「そうなの。ありがたいねえ」

道中、義母は、次兄の妻が作ってくれた稲荷《いなり》寿司がおいしかった、三兄の妻は実家のお母さん譲りの豚汁がとてもおいしくて、新婚の頃、恥ずかしそうに持ってきてくれたのが、とてもうれしかった、四兄の妻は若いのにとてもしっかりしている、そしてユキは性格がさっぱりしていてきれい好きと、義理の娘たちを褒めてくれた。それが自分に優しくして欲しいという下心からではなく、本心からそう思ってくれているのが、ユキにはよくわかった。

「もっとお義母さんと、お話ししておけばよかったんですよね。そうだったらリハビリにも早く通わせてあげられたのに」

「そんなことないわよ。どうせ施設に空きがなかったんだし、お兄さんがいると気詰まりでしょ」

はいともいえないので、ユキは、ふふふと笑ってごまかした。

スムーズに車が進み、予定よりも三十分早く到着した。車椅子に義母を乗せて施設の中に入った。手続きはエイコがしておいてくれたらしく、すぐにリハビリ担当の若い女性がやってきて、義母は彼女と一緒にリハビリ室に姿を消した。部屋は一部がガラス張りになっていて、中を見ることができる。あまりにじっと見ていると義母も気を使うだろうと、ユキは施設の中庭を眺めたり、入口近くの椅子に座ったり、そして時折、リハビリ室をのぞいたりと、落ち着かない気持ちで過ごしていた。すべて終了し、部屋から出てきた義母の顔はとてもすっきりしていた。

戻ってきた彼女は、帰りの車中でも、

「すぐには歩けないかもしれないけど、何とかなりそうよ」

と明るい顔をしていた。

「よかった。私たちのことは気にしないで、通ってくださいね」

ユキの気持ちも明るくなってきた。夫が帰ってきてから、一日の出来事を話し、義姉たちを褒めていた言葉を、

「お義兄さんたちに、忘れずに伝えておいてよ」

と念を押した。

自分たちも忘れていたような出来事を、義母が覚えていてくれたことに、感激して涙が出たと三兄の妻がいっていたらしい。義姉たちは時間の都合をつけ、義母に会いに行

ったり、電話をして義母の意思を確認してくれた。赤ん坊のいる妻の代わりには四兄が、そして義母の介護について消極的だった義兄の妻たちは、リハビリ施設への送迎ができる日をそれぞれ出して、協力してくれるようになった。

ユキの担当で数回目のリハビリ施設に付き添った日、義母はバーにつかまりながら、そろりそろりと歩いていた。ベッドの脇に立ち上がりかけてすぐに座ってしまったときとは、ずいぶん違う。

「お義母さん、辛いと思うんですけれど、がんばってますよ。徐々に効果も出てきていますから、一緒にやっていきましょう」

担当の女性が励ましてくれた。義母はうふふと恥ずかしそうに笑い、杖《つえ》をついても自分の足で歩けるようになりたいからねと笑った。こんなにやる気になっている義母を、ずっとベッドの上で過ごさせてしまい、私たちも無関心すぎたとユキは反省した。でも鬼のせいで話がこじれたのは事実なのだ。

鬼は自宅の状況が変化しているのも知らず、病院のベッドの上で過ごしていた。言語には影響がなかったが、左半身が動かし難《にく》い状態になっている。鬼とはいえ、いちおう長兄なので、エイコに様子を聞くと、容態が落ち着いてからは、看護師が気に入らないと、毎日、憤慨しているという。すべてにおいて自分を最優先してもらえないのに腹を立てているらしい。

「おれをばかにしやがって」

と事あるごとに、右手を振り回して怒鳴っているという。自分が介護される立場になれば、少しは周りの人の気持ちがわかるようになるのではとマサルはいっていたが、実際はそうではなかった。

長兄は退院した後は、リハビリ病院で過ごすので、何か月かは家には戻れない。彼が戻ってきたときにはどうするか、来月、弟夫婦たちが集まって話し合うことになった。自分のため息をついたり拒絶したりする人もおらず、大人同士の話し合いができそうだ。自分の意見をゴリ押しする人間がいなくなっただけで、こんなにスムーズに物事が進む。

そして義母の性格の影響も大きかった。彼女と話をしていると、手助けしたい、この人の役に立ちたいという気持ちがわいてくる。これが生まれ持った人徳というものだろう。

「結局、いちばん母親の気持ちがわかってなかったのは、ずっとそばにいた兄さんたちだったんだな」

マサルがぽつりといった。彼らは一緒にいながら、義母の気持ちを察知しようとはせず、うわべの言葉だけを本音だと勘違いし、また自分たちの都合のいいように、脚色してゴリ押ししてきた。

何かあったときに手をさしのべたい人とそうでない人がいる。長兄に妻子がいたからいいが、もしも彼の面倒を見ろといわれたら、みんな拒否するのは間違いない。

「どうしてあんな母親から、あんな人が生まれたんだろう」

ユキは口に出してはいえなかったが、その代わりに夫がつぶやいてくれた。そして、

「早く、歩けるようになるといいね」

とユキは一生懸命にリハビリに頑張っている義母の姿を思い出していた。

母、危うし？

ヤヨイの祖父母は二人で手広く商売をやっていて、祖母は不動産業、祖父は水商売をしていた。自宅は敷地三百坪、二階建ての家屋は建坪百八十坪で、繁華街にビルをいくつも所有し、そこでバー、クラブ、喫茶店を経営していて、ヤヨイの母のタカコは何不自由なく暮らしていた。祖父母は娘をどこからみてもお嬢様として育てたかったらしく、いわゆるお嬢様学校に入学させたりピアノを習わせたりし、戦時中も裏から手を回して、ひもじい思いをさせないようにしていたらしい。そのせいかどうかわからないが、母はよくいえばおっとり、悪くいえばぼーっとしていた。祖父は息子が欲しかったらしいが、子供は母しかできなかったため、

「これはまともな婿を選ばないと、えらいことになる」

と、戦争が終わるとすぐに、母の結婚相手選びがはじまったという。

高校生のときにヤヨイが母から聞いた話によると、婿の条件は「長男以外」「賢い」「体が丈夫」「生真面目」そして「不細工」だった。他の条件はわかるけれど、「不細工」が入っているのはなぜなのかと聞いたら、

「金を持っているとわかった男には女が寄ってくるものだ。口が堅くて不細工な男には女が寄ってこない」

というのが祖父の理屈なのだった。

家の都合に合う婿を探し続け、選びに選んで婿入りしてきたのが、ヤヨイの父シロウである。五人兄弟の四番目で、周囲の評判は、

「生真面目が服を着ているような男」

だった。もちろん不細工である。ヤヨイは子供のとき、周囲の人に、

「お父さんそっくりね」

といわれても、ああそうかと思っていたのだが、後年、父になるのにふさわしい男性の条件を知って、腹が立ったのはいうまでもない。ヤヨイのあだ名がスフィンクスだったのも、全部、父のせいだったのだ。

シロウはタカコと干支《えと》が同じのひとまわり年上だった。そしてすべての条件を満たしていたシロウが、婿養子としてやってきた。タカコ二十二歳、シロウ三十四歳であった。それから十一年後に生まれたのが、ヤヨイである。結婚して三年経《た》っても、五年経っても子供ができないので、祖父はあわてた。そして十年が経ち、本気で養子縁組の話まで出てきたら母が懐妊した。喜びも束《つか》の間、祖父母は跡継ぎの男子をと願っていたのだが、

生まれたのが女子だったので、二人は落胆を隠せなかった。名前も「シンノスケ」しか考えていなかったので、ヤヨイは三月生まれという理由で、簡単に名付けられた。もう少し生まれるのが遅かったら、ウヅキになっていただろう。

ヤヨイは自分が生まれ育った家が大嫌いだった。幼い頃から祖父母と一緒に食事をしていたのだが、食卓での会話はすべてお金に関することばかりだった。両親はそれほどでもなかったが、祖父母は身なりもとても派手で、それが子供心に恥ずかしかった。特に祖母は赤やピンク色のプリント地の服しか身につけず、明るい茶色に染めた髪の毛を大きく巻いて、いつも紫色のグラデーションの眼鏡を掛けていた。化粧も濃かった。祖父がグレー、茶、紺といった色合いを着ていた記憶もない。そんな二人の会話は、ビルに入っている喫茶店が賃料を滞納したから追い出そうとか、新橋の土地が売りに出ているけれどどうまく転売できるだろうかとか、そんな話ばかりだった。

たまに祖父がヤヨイの学校のことを聞いてくることもあったが、小テストでも何でも、

「一番じゃなくてはだめだ」

と叱られた。そして、

「うちはな、あくびをしていても、いやになるほどお金が入ってくるんだ。ヤヨイは幸せだな」

ともいわれた。返事に困っていると、母が横から、

「ほら、うんっていわないと」

と脇腹を突っつくので、仕方なく、

「うん」

というと、祖父母は、

「あはははは」

とうれしそうに笑った。その勝ち誇ったような笑い方もとてもいやだった。

祖父母は孫の図画工作などにはまったく興味がないらしく、学校で描いた絵を見せても、明らかに気のない様子で、

「ふーん、よく描けてるね」

というだけだった。さすがに両親は、

「ヤヨイちゃん、よく描けたね」

と褒めてくれたが、壁に貼ってくれることはなく、立派な筒に丸めてしまわれた。玄関はもちろん、部屋の壁や廊下には、著名な作家の絵画などが飾られていたが、祖父母たちは特にそれらの作家に興味があるわけではなく、今、人気があるとか、あとで高く売れるとか業者に勧められて購入したものばかりだった。どれも来客に自慢できるよう

な絵画ばかりだったのだろうが、そこに小学生の子供が描いた、稚拙なクレヨン絵を飾るような気持ちは、大人たちにはなかったのだ。

ヤヨイは祖父母、両親の勧めに従い、幼稚園から大学までエスカレーター式に進学できる学校に通った。近所の小学校に通っている、気軽な服装の子供たちがうらやましくて仕方がなかった。ヤヨイの学校はよほどのことがない限り進学できるので、同級生たちはとてものんきだった。中学、高校になると派手に遊ぶ子も多く、学校の帰りに駅のトイレで着替えて繁華街で遊ぶ子もいたが、ヤヨイは運転手付きの車で送り迎えされていたので、そんなことはできなかった。校外活動で男子学生と接触する可能性があるという祖父の考えで、部活動も禁止された。運転手を待たせての学校帰りの買い物は許されていたので、ヤヨイは帰宅途中に書店に立ち寄って、読みたい本をたくさん購入して、それを車に積んで帰ることくらいしか楽しみがなかった。

「デパートでいくらでも買い物していいのよ。家族カードを渡してるでしょ」

母はそういったが、何でも買っていいといわれると、かえって欲しい物がない。デパートに行っても、あまりの品物の多さに、くらくらする。洋服を見ても、ショップに置いてある洋服すべてを購入しても、叱られないと思うと、購入意欲は減退して何も買わずに家に帰るのを繰り返していた。

大学の専攻も生活科学科を選択したら、祖父母や両親から非難された。

「どうして英文科とか、国文科にしなかったのか。そんなわけのわからないところを選んだりして。見合いのときの釣書には、わかりやすい学部がいちばんなんだ」

彼らに自分の将来が決められているのをうすうす感じていたヤヨイの、最初の抵抗だった。

成人式のときには、ヤヨイは何もねだらなかったのに、祖母が京都の作家に注文したという、豪華な振袖一式が届いた。

「素敵でしょう」

目の前に広げられた振袖は、朱色の地に何羽もの鶴が斜め上に向かって飛んでいる絵柄で、そこここに散らされている花はすべて刺繡《ししゅう》だった。母も目を輝かせて、

「すばらしいわ。よかったわねえ、ヤヨイ」

といい、祖父は、

「一式で二千万なら安いもんだ」

という。何の権力もない婿養子の父までも、

「これはすごい」

と横から口を挟んでくる始末だった。

（スフィンクスがこれを着るのか）

ヤヨイは呆然《ぼうぜん》とした。着物にはまったく興味がないし、第一、とても自分に似合うとは思えなかった。おまけに何という値段なのだろう。それでも彼らの笑顔を見ていると、自分だけむっとしているのもまずいのではと考え直し、

「きれいね。どうもありがとう」

と頭を下げた。孫娘の喜びの度合いが少なかったので、祖父母はきょとんとしていたが、母が、

「この子はわーっと喜ぶ性格じゃないから。でも本当にうれしいのよね、よかったわね」

といった。ヤヨイは黙ってうなずいて、もう一度、

「本当にありがとう」

と礼をいって部屋を出た。そして廊下に出て、ふーっとため息をついた。

お金を無駄に掛けすぎている振袖を着て、ヘアメイクをしてもらい、有名な写真館で写真を撮影した。そしてヤヨイが大学三年生になると、祖父母、両親は見合い話を持ってきた。相手は社長の息子で次期社長、もう一人は老舗《しにせ》旅館の跡取り息子だった。

（無愛想の私に老舗旅館の女将《おかみ》が務まるわけがないじゃないか）

ヤヨイは見合い話は無視し、就職したら家を出るからと両親に告げた。それを聞いた祖父母はどういうわけか、就職すると傷がつくなどといっていたが、こちらも無視した。両親は諦めていたが、祖父母はいつまでも怒っていた。

ヤヨイは食品会社の研究所に勤務が決まった。ある日、卒論のまとめをしていると、母が何冊ものパンフレットを手にして部屋に入ってきた。

「ねえ、どれがいい？」

見るとファミリータイプの高級分譲マンションの案内だった。

「どれでもいいわよ、買ってあげるから。やっぱり六本木がいい？　それとも青山？　世田谷のここは環境はいいんだけど、通うのにはちょっと時間がかかるわね」

母はまるで自分が引っ越すかのように、うれしそうに眺めている。

「全部、私の収入でやっていくから、気にしないで」

「初任給って安いんでしょ。ろくなところに住めないじゃないの」

ヤヨイはろくなところという言葉にかちんときて、

「お母さんたちから見れば、ろくなところじゃないかもしれないけど、世の中の私と同い年の人たちは、そういうところに住んで自活してるの。私もいつまでも甘えていないで、自分で働いて生活したいのよ」

母は黙っていたが、祖父母はヤヨイが引っ越しの際に家に残したものを、全部捨てると激怒していた。

「捨てていいです。もうこの家には戻ってこないから」

ヤヨイは自分に必要なものだけ持って、ワンルームのマンションに引っ越した。その後、一度だけ両親がやってきた。母は七階建てのマンションを見上げて、

「まるまる一棟、買ってあげたのに」

とつぶやいた。ヤヨイの部屋を見て、住み込みのお手伝いさんの部屋よりも狭いと悲しそうだった。両親は落胆していたが、ヤヨイは快適に暮らしていた。

その後、バブルがやってきて、老齢になっても祖父母は大喜びしていたが、そのまっただ中で相次いで亡くなった。のちにバブル経済が崩壊して、相続した両親は多くの資産を手放すことになり、祖父母付きのお手伝いさんや運転手さんも抱えていられなくなり、相応の退職金を渡してやめてもらったと、母は電話口でため息をついていた。それでもビル二棟と自宅が残った。給与所得者のヤヨイの生活には何ら影響はなかった。父の体の具合も思わしくなく、両親は「昔はよかった」状態になっていたが、ヤヨイは実家がだんだんまともになってきたと好ましく思った。しかし様子伺いで電話で連絡を取り合うことはあっても、実家を訪れることはなかった。

そして亡くなった祖父母、両親の願いとは裏腹に、ヤヨイは五十歳になる今も独身である。ただ住んでいる場所はその間にグレードアップして、ワンルームから2ＬＤＫになった。数年前に父親が亡くなったときにはもちろん葬儀にも列席したし、ヤヨイにも財産分与があったが、それらは両親が娘のために作った通帳に記載されていた。手元には給与が振り込まれる通帳しか持っていないヤヨイには、それらの総額がいくらかなんてまったくわからないし、聞く気もなかった。

一人暮らしになった母は、ヤヨイと一緒に住んでもらいたいようだった。とはいっても、健康には問題はなく、食べ物は毎日、デパートの外商担当者から、老舗料理店の弁当などを持ってきてもらったり、掃除は業者に頼んだりしているので、相変わらず生活に困っているわけではなかった。一人暮らしの快適さを知ってしまったヤヨイは、いい思い出がない実家に戻りたくなかった。しかし母の年齢を考えると、娘としてはいつまでも同居を拒否し続けるわけにもいかないだろうと、父が亡くなってからはずっと悩み続けていた。

長い間関わっていた仕事が一段落したので、休日にヤヨイは母には知らせずに実家に帰った。事前に知らせると大騒ぎをして、「お嬢様」を連発する人たちに声をかけたりして、面倒くさい。最寄り駅から歩いていくと、実家のたたずまいは変わらないけれど、周辺の古い家がほとんど建て替わり、新建材の建売住宅になっていたり、マンションになっていたりした。まるではじめての場所に来たかのように、ヤヨイはきょろきょろしながら歩き、実家にたどりついた。広い庭もきちんと整えられていて、庭師さんに定期的に入ってもらっているようだ。

防犯カメラ付きのインターホンを押した。

「はい」

母ではない聞き慣れない声の女性が出た。

「ヤヨイです」

返事はなくブチッとインターホンが切られた。ヤヨイはもう一度、繰り返した。モニターが付いているので、なるべく顔が見えるようにもしてみた。

「はい」

「ヤヨイですけど」

インターホンの向こうから、子供の声が聞こえてきたような気がする。

(えっ、何なの？　いったい)

ヤヨイは混乱した。鼻息の後、

「ヤヨイって誰？」

と横柄な声が聞こえてきた。

「この家の娘ですけど」

そういったとたん、

「ぐっ」

という音の後、どたどたする音が聞こえ、しばらくしてぶ厚いドアが静かに開いた。家の中から出てきたのは、見知らぬ四十代そこそこの茶髪ソバージュの女性だった。

「あなた、どなたですか」

ヤヨイが聞くと、彼女は、

「あなたこそ、どなた？」

と腰に両手を当てていばっている。

「どなたも何も、さっきもいったでしょう。この家の娘です。どうしてあなたがここにいるんですか」

奥から小学生の男女二人が走り出てきて、彼女の腰回りにしがみついた。

「娘って、証明できるもの、あります？」

彼女はまるでこの家の住人のように振る舞っている。ヤヨイはバッグの中から、ＩＤがわりと盗難防止のために、いつも携帯しているパスポートを開いて、目の前に突き出

してやった。彼女は近視なのか、目を細めてそれを見て、

「あー、そうですか。じゃあ、どうぞ」

と不満顔でヤヨイを家の中に入れた。

(じゃあ、どうぞとは何だ)

ヤヨイが家の中に入ると、信じられない光景が広がっていた。客間として使っていた、十五畳の和室の漆塗りの座卓の上には、ほとんど食べ終わっているチャーハン、サラダ、味噌汁が三人分並んでいる。子供たちの教科書、ノート、ランドセル、衣類、おもちゃ、ゲーム機が転がっていた。

「あなたたちはいったい誰？　母はどこにいるんですか」

恐怖を感じたヤヨイは、客間を出て部屋を片っ端から探した。

「ご自分のお部屋にいらっしゃると思いますけど」

ヤヨイの背中に向かって、女性はだるそうに声をかけた。

ヤヨイが大急ぎで二階の母の部屋に行くと、彼女はお気に入りの猫脚の椅子に座り、一階の座卓の上にあったのとまったく同じものを食べている最中だった。

「あらっ、ヤヨイ、どうしたの」

箸を手にしたまま、目を丸くしている母の言葉には応《こた》えず、ヤヨイは、

「下の人たち、何？　いったい誰なの？」

　と声を荒らげた。

「うーん」

　母は首をかしげている。

「どうしてここにいるの？　何のため？」

「あのね、いつもいるのよ。でも御飯はちゃんと作ってくれるんだけどね」

「はあ？」

　ヤヨイは急いで階下に戻り、女性を座らせて、

「ちゃんと説明してください」

　とにらみつけた。

「お母さんから頼まれて住んでいるんです」

　彼女はふくれっ面《つら》だ。

「どういう条件で？」

「住み込みで身の回りの世話をして欲しいって。子供たちも一緒にどうぞって」

「契約書はありますか」

「口約束ですもん、あるわけないじゃないですか」

ふと横を見ると、荷物が入った見覚えのあるバッグが置いてあった。家を出るときに置いてきたが、捨てずにおいてあったらしい。

「それ、私が実家に置いてきたバッグですけど」

女性は一瞬、体をびくっとさせたが、

「違います。私のものです」

と首を横に振った。

「学生時代に、分不相応だけど両親から誕生日プレゼントにもらったもので、私のイニシャルが内側に入っているんです。ちょっと確かめさせてもらっていいですか」

ヤヨイがバッグに近寄ろうとすると、彼女はあわてて手を伸ばして、引き留めようとしたが、怒りで頭がいっぱいになっているヤヨイは、バッグを大きく開いて、内側の革の部分を見た。

「ほら、イニシャルが入ってる。どうしてこれを使ってるんですか」

「お母さんからいただいたんですっ」

女性は挑戦的な目でヤヨイをにらんだ。

「あなたさっき、自分のものだといいましたね。どうして今になって、もらったというんですか」

「ですからもらって、私のものになったんです」

子供たちは二人の騒動を横目で見ながら、残りのチャーハンをかきこんでいる。

「母をここに連れてきて、どういうことなのか話を聞きます」

ヤヨイが部屋を出て階段を上がっていると、階下から音が聞こえてきた。戻って庭を見ると、ランドセルを背負い、両手にスクールバッグを提げた子供二人が、ものすごい勢いで家から出ていくところだった。

母とヤヨイは、女性と子供たちの生活の場になっている客間に正座をして向かい合った。ヤヨイが母に、どうしてこういうことになったのかとたずねると、

「えーと、三か月前かしらねえ。気がついたら、いたの」

という。

「そんな……、どうしても来て欲しいっていわれたから、来たのに」

女性はわーっと泣き出した。それを見て母はおろおろしていたが、ヤヨイは彼女の涙にもめげず、

「まずどこのどなたか説明していただけませんか。私はちゃんとＩＤになるものをお見せしましたよ」

女性は泣きじゃくりながら、名前と住所を告げた。

「近所にちゃんと住む場所があるじゃないですか」

「だからお母さんと顔見知りになって、家事をする人がいなくて困っているから、一緒にここに住んでって頼まれたっていってるのにいいいい」

再び大声で泣きはじめた。

「いったかしら。でもそんなことはなかったと思うわ」

母は相変わらずおっとりしている。

「母はこういっていますけど」

「お母さんは軽い認知症なので、記憶が曖昧《あいまい》になったり戻ったりしているんです。私、勝手にこんなことをしたりしません」

ヤヨイはぐっと言葉に詰まった。もしかしたらその可能性もないではない。だからといって見ず知らずの他人にこのようにされているのを見過ごすわけにはいかない。

「とりあえず、これからは私がここに住んで、母の面倒を見ますので、あなたとお子さんに同居していただく必要はなくなりました。今までありがとうございました」

ヤヨイが女性にいったとたん、母は両手を胸の前で合わせて、

「わっ、うれしい」

とにっこり笑った。女性は恨みがましい目つきで、しゃくりあげている。

「お世話になったので、引っ越し費用はこちらで出します。トラックも今から手配して、段ボール箱も持ってきてもらいますから、荷物を全部出しておいてください」

　ヤヨイがつてをたどって業者を探すと、夕方であればトラックを出せるという業者が見つかって、車を出してもらうように頼んだ。

　女性は泣きながら、客間の押し入れを開けた。ふかふかの客布団も彼らに使われていた。彼女はそこから自分たちの荷物を引っ張り出しはじめた。ヤヨイは仁王立ちになって、彼女の姿を監視していた。彼女が声を上げて泣きながらも、ちゃっかりとチャーハンの皿、飯碗、汁椀、サラダボウルを入れようとしたので、

「その食器はうちのですけれど」

　と釘を刺した。

「あっ」

　彼女はそれらを漆塗りの座卓の上に戻した。母はヤヨイが勢いで一緒に住むといったので、それがとてもうれしかったらしく、客間の騒動には無関心で、キッチンで鼻歌を歌いながらバカラの器にアイスクリームを入れ、

「ヤヨイも食べる？」

　と持ってきた。ヤヨイは特に食べたくもなかったが、血が上った頭を冷やそうと、ひ

と口だけ食べた。

母はアイスクリームの器を手に、ヤヨイのそばにくっついて、

「ねえ、夜は何を食べに行く？　お母さん、久しぶりにあのお店に行きたいわ」

と有名料亭の名前を出した。

「今日は無理よ。あとで考えるから」

夕食が思い通りにならなくても、娘が帰ってきてくれたのがうれしいらしく、母はとても機嫌がよかった。ソーシャルダンスを踊っているかのように、廊下でくるくるっと回ったりしていたが、これは若い頃からの癖なので、認知症のせいではないはずだと、ヤヨイはいいほうに考えた。

業者のトラックが来て、ヤヨイがお金を手渡すと、女性たちが持ち込んだ荷物が積まれていった。彼女はヤヨイたちに詫《わ》びることもなく、ふてくされて家を出ていった。

「何なの、あの態度」

ヤヨイは腹の虫が治まらなかった。

「ねえ、晩御飯は外に出て食べましょうよ」

「わかった、じゃあ、いくつか候補を挙げてちょうだい」

銀座の中華料理店やら、新橋の料亭やら、当日に予約するヤヨイにとっては面倒くさ

いところばかりだったが、幸い、銀座の中華料理店に予約が取れた。それを知った母は大喜びで自室に戻り、外出着選びをはじめた。

ヤヨイが室内を点検すると、キッチンは掃除をした気配はなく、冷蔵庫の中は子供たちが喜びそうな、キャラクターがついたお菓子やジュース、レンジでチンすればすぐに食べられる冷凍食品であふれかえっていて、食材がほとんどなかった。風呂場にはカビが生えている。廊下に置いてあった彫像のレプリカの顔には、鉛筆でヒゲが描かれていた。

ほとんど気まぐれのように実家に来たら、想像以上に大事《おおごと》になってしまったヤヨイは、中華料理店で放心していた。祖父母の代から懇意にしていたものだから、二人だけなのに個室に案内され、だだっぴろい丸テーブルを前に、何とも居心地が悪い。しかし母は終始ご機嫌で、うれしいを連発していた。

「私が偶然、来たからよかったものの、変な人が来たら、私に連絡しなくちゃだめじゃない。何をされるかわからなかったわよ」

「気がついたら家にいて、これからお世話をしますっていわれたものだから、そんなものかなあって。部屋も余ってるし。私はまだぼけていないけど、でも頼まれたっていわれたら、そうかなあって思っちゃったのよねえ」

ぼけた人ほど、自分はぼけていないというものだと聞いていたヤヨイは、少し不安になってきたが、会話をしているなかで、女性の存在をほったらかしにしていた以外は、特に変だと感じることはなかった。

「たいしたことがなくてよかったわ。これからは私が目を光らせるから」

後日、ビルを管理してくれている業者に聞いてみたら、ここ何か月かは、女性が出てきて、「奥様から頼まれて、住み込みで働いている者です」といっていたとか。彼が急いで不正に金銭を引き出されていないかと調べてくれたが、特に問題はなかった。しかし母に聞くと、

「うーん、たまに置いておいたお金がなくなっていたような気がするんだけど」

という。これも認知症の際に、物がなくなった、盗《と》られたといったりするので、すべてを信じるわけにはいかない。母をさりげなく病院に連れていって、一度、診察してもらったほうがいいとヤヨイはひとりうなずいた。

十日後、ヤヨイは実家に戻った。自炊をして会社にお弁当を持っていくヤヨイは、そのペースを崩したくなかった。休みの日に近所のスーパーマーケットに買い出しに行こうとすると、母は、

「あそこにはろくなものがないでしょ。やっぱりあの店に行かなくちゃだめよ。店長に

電話して持ってきてもらえば？」

と高級スーパーマーケットの名前を出す。またはじまったと呆《あき》れながら、

「ちゃんと選んで買ってくるわよ」

といって買い出しに行き、一人暮らしのときに自分が作って食べていた料理を作った。母はおいしいといって食べてくれた。

ある日、買い物に行こうと外に出ると、顔見知りのおばさんに会った。その人は何かと、「お金持ちはいいわよねえ」と嫌みったらしくいうので苦手な人だ。

「まあ、ヤヨイちゃん、久しぶり。どうしたの、戻ってきたの、ご主人は？　子供は？」

矢継ぎ早の質問にしぶしぶ答えながら、

「母も歳を取ったので……」

というと、彼女は、

「家にいたあの人は？」

と聞かれた。ヤヨイが事情を話すと、

「やられたのかな。変な噂があってね。お金がありそうな一人暮らしの年寄りの家に出かけていって、住み込みでお手伝いをするって同居しちゃうんだって。お世話したから

って、他人なのに遺産を少しでも分けてもらおうっていう魂胆みたいよ。お金もちょこちょこ盗られたりしたこともあったみたい。こっちは本当に頼まれたのかそうじゃないのかなんてわからないから」

と教えてくれた。

「身内でもわからないですよ。あの人は近所に住んでいるみたいですね」

「うん、よくスーパーで顔を見るわ。きっと、お母さんが大きな家に一人で住んでいるっていう話を、どこかで聞いたんじゃないの」

ヤヨイはあぶなかったと再び胸をなで下ろした。おばさんにこれから母と一緒に住みますからと挨拶をし、スーパーマーケットに続く幹線道路を歩いていると、反対側の歩道を大声で笑いながら、両親と子供二人の家族が歩いてきた。

（あっ）

大口を開けて笑っているのは、まぎれもなく実家に住みついていたあの女性だった。隣にいる夫らしき男性はごく普通の人だ。男女の子供二人も間違いない。ちゃんとした家族ではないか。

（なぜうちに住んでいた？　そしてなぜあんなに明るい顔で笑える？）

幸せそうな彼らを見ていたら、もしかしたら女性がいったことが本当で、私がそれを信じないで追い出したのかもしれないとも思わされた。ヤヨイはどれが本当か、わけがわからなくなってきた。

「でも母と私が親子っていうのは、間違いないから」

いくらお金持ちで最新延命医学、不老のための美容を施したとしても、歳は取るし寿命が尽きればあの世に行く。ヤヨイは疑問が残る女性とのいざこざは忘れて、これからは母娘二人で暮らしていこうと思ったのだった。

伯母たち、仲よく？

マツミは買ったばかりの、電動アシスト付自転車を漕《こ》いでいた。これまで乗っていたママチャリだと、上り坂にさしかかると、一気にテンションが下がった。坂道の傾斜に脚力が負けて、自転車から下りて押しながら歩く有様だったが、新しいこの自転車のおかげで、楽に上れるようになった。学生時代に、車の免許なんか必要ないと、まったく関心を持たなかったけれど、今になって少し後悔している。

「四十を過ぎると、坂をママチャリで上るのはきついわ。このくらいの贅沢はさせてもらわないと、やっていられない。どうしておじいちゃんたちは、こんな場所に家を建てたのかしら」

長い坂を上りながら、彼女は誰にいうでもなくそんな言葉を吐いた。

彼女が息をはずませながら、長い坂を上るのは、二人の伯母《おば》のためである。彼女たちはマツミの母ミツコの姉で、長女タエコ八十七歳、次女アサコ八十五歳である。ミツコは現在七十歳で、姉たちとはひとまわり以上、歳が離れている。なので母は、

「お姉さんたち二人はいつも一緒で仲がよかったけれど、私はチビだし仲間に入れても

らえなかったわ。ほとんど動くお人形状態で、二人のおもちゃみたいだった」

といい、戦前生まれと戦後生まれの違いもあって、何かにつけて、

「あんたはいいわねえ。私たちなんか、本当に戦争中は苦労したのよ」

と事あるごとに説教されたという。それでも三姉妹は仲よく、付き合いを続けていた。

タエコは一度結婚したが、結婚二年目で夫が病気で急逝したので実家に戻り、そのまま再婚はしなかった。経理の仕事は続けていたので、後年は祖父母を養っていた面もある。

アサコは商売に興味があり、洋裁学校を卒業してから洋裁店に就職し、のちに女性向けの洋品店を経営するようになった。昔、ブティックの女性オーナーとして雑誌の取材を受け、マツミもその雑誌を見せてもらった。彼女は結婚の経験はない。三姉妹のなかで結婚して子供がいるのはミツコだけで、ミツコと同い年の夫イクオを、伯母たちは頼りにしていた。

タエコとアサコの様子がおかしくなったのは、五年前だった。最初はアサコが一人暮らしをしていたマンションで、転んで足を骨折し病院に入院していたときだった。わけのわからないことをいったり、多少、記憶がおぼつかなくなったりしていたのを、環境が変わったせいで、自分の家に帰ったら、元に戻るだろうと思っていたのにそうはならなかった。そんなアサコを見て、

「ふびんだねえ」

といっていたタエコも、加齢には勝てなかったのか、半年後に突然、

「泥棒が入って、宝石やお金を盗まれた」

といいはじめて騒ぎになった。

彼女は祖父母が亡くなった後も、実家に住み続けていたので、近所の人たちとは顔なじみだった。会話も問題なくできていたので、彼らはタエコの訴えを聞いて、本当に泥棒が入ったと思い、警察官もやってきて騒動になった。ミツコ夫婦も一緒になって、タエコの話を聞き、家中を探し回ったが、結局は何も盗《と》られていなかった。ミツコ夫婦は勘違いだったと周囲の人々に詫《わ》びたのだが、タエコだけは、一度、

「ああそうなの。盗られてなかったんだ」

といったものの、次の日には、

「ない、ないわ。盗られている」

と騒ぎはじめた。ミツコは、そのときのことを、

「冷や汗が出た」

と暗い顔をしてマツミに話したのだった。

タエコとアサコには子供もいないので、面倒を見るのは妹のミツコ一家しかいなかっ

た。ミツコ夫婦は一人暮らしをしているアサコに、

「お姉さんと一緒に暮らすために、実家に戻って来ないか。また転ぶと危ないし」

と提案してみた。二人の世話をするのに、一緒に住んでいてくれたほうが、楽だったからである。二人はまだ症状は軽い範囲であるものの、病気を抱えているし、拒絶されたのであれば仕方がないとあきらめるつもりだった。アサコは、最初は「あんな古い家はいやだ」とか、「この場所が好き」などといっていたが、最終的にはタエコとの同居を承諾した。タエコのほうもアサコとは仲がよかったので、

「楽しくなるわ」

と喜んでいた。ミツコ夫婦はほっとして、実家を片づけてアサコの部屋を作り、引っ越しも無事に済ませて、姉妹が同居することになった。

「はいはい、お待ちしておりました」

にこやかに妹を出迎えるタエコと、

「お世話になりますよ」

とうれしそうに家に入るアサコを見て、ミツコ夫婦はほっと胸をなで下ろした。

ところが翌日、タエコから電話がかかってきた。ミツコが出ると、

「ちょっと、どうしてアサちゃんが家にいるの？　何しに来たの？　ここは私の家なの

に、勝手なことをして」

とタエコが怒っている。その後ろで、

「いいの、いいの、もう。私が出ていけばいいんでしょーっ」

とアサコの大きな声が聞こえる。ミツコが急いで実家に向かうと、仏頂面《ぶっちょうづら》の二人がそれぞれの部屋にいた。

「前にアサコ姉さんが引っ越してくるけど、いいかなって聞いたでしょう。そのときお姉さんがいいよっていうから、この家に来てもらったのよ。昨日はあんなに喜んでくれていたのに」

「喜ぶ？　どうして喜ぶの？　この家はお父さんとお母さんと私の家なのに。アサちゃんは勝手に家を出ていったんだから、今さら戻ってきてもらっても困るのよね」

タエコは文句たらたらである。

「でも、二人は仲がよかったから。一人じゃ寂しいでしょう」

「寂しくなんかないわよ。毎日、楽しく過ごしているもの。人が一人増えると狭くなるし面倒くさくてね」

こういうときだけ、姉の頭が妙に軽快に働いているのが、ミツコは悲しかった。

二人とも高齢のため、特別養護老人ホームも探したが、要介護3以上でないと入所できなくなり、民間の老人施設は高額で、すでに年金生活に入っているミツコ夫婦に、二人分を負担するのは難しかった。イクオが後見人の立場で彼女たちの資産をチェックすると、タエコには実家の土地家屋とそれなりの貯金があった。アサコのほうは家よりもお洒落《しゃれ》のほうに遣ってしまったのか、想像よりも貯金額は少なかった。国民年金と貯金を切り崩して、賃貸マンション暮らしをしていたのである。勝手に彼女たちのお金を遣うわけにもいかず、それとなく施設の話をしても、最初に揉《も》めたのが嘘のように、姉妹は一致団結して、

「どうしてそんなところに行かなくちゃいけないの」

と抵抗した。無理に入所させるわけにもいかず、ヘルパーさんと、ミツコ一家が姉妹の家に通って、世話をし続けているのだった。

そんな生活が続いた三年後、姉妹に頼まれればいやな顔もせずに、大工仕事などをしていたイクオが急逝した。もちろんタエコとアサコも葬儀に参列して、

「いい人だったのに」

と涙していたが、通夜、告別式が終わると、二人は、

「あら、イクオさんはどうしたの？」

と手作りのおかずを持ってきたミツコに何度も聞いた。そのたびに傷心のミツコは、

「お姉さんたちもお葬式に出てくれたじゃないの。あの人は亡くなったのよ」

と説明しなくてはならなかった。それを聞くと二人は神妙な顔をして、

「そうだったの。まだ若かったのに残念ねえ」

とうなずいていた。しかしまた二日ほどすると、

「そういえば、イクオさんは来ないわねえ」

といいだすので、ミツコは面倒くさくなってきて、

「忙しいから」

ということにした。そういう母の話を聞いて、マツミは大変なことになったと、これからのことを考えざるをえなくなった。

そしてなぜ今、マツミが母の実家までの長い上り坂を、自転車で上がっているかというと、母が腰を痛めて動けなくなったので、その代理である。最初は母も自転車を使って通っていたが、そのうち疲れてタクシーで往復するようになっていた。もともと腰がよくないところに、姉たちの病気、夫の急逝などで疲れがたまり、弱い部分が悲鳴をあげたらしい。そこでマツミが母のかわりに、家のママチャリで二人のごはんを運んでいたのだが、四十代のマツミでもきついので、必要経費と割り切って自前でこの自転車を買ったのだった。

マツミが二人の家に行くと、揃って、

「いらっしゃい」

と出迎えてくれる。タエコが「どうして妹が私の家にいるのか」と文句をいったことを忘れて、最近は二人で仲よくやってくれているのには助かる。

「こんにちは。今日はいかがですか」

マツミが声をかけて、さりげなく玄関や居間、トイレをチェックすると、ヘルパーさんがしてくれているのか、いつもきれいに片づいている。火を使う作業さえさせなければ、特に問題はなさそうだ。

「変わったことはないですよ。元気でやっていますよ。ねえ」

タエコは居間のソファに座っているアサコを見た。

「ええ、そうね。元気でやってますよ」

「それはよかった」

マツミが密閉容器に入った、お惣菜をテーブルの上に並べると、

「あら、おいしそうねえ」

と二人は中をのぞきこんだ。

「これは晩ごはん。そっちは明日の朝ごはんだから、冷蔵庫に入れておきますね」

「はい、ありがとう。毎日、助かるわ」

台所のガスコンロは、使えないように元栓を閉めてしまったので、電気ポットでコーヒーを淹《い》れ、買ってきたロールケーキをそれぞれの皿に載せて、二人の前に出した。

「ありがとう。マツミちゃんの分はあるのかしら」

「ええ、あります」

「じゃ、ここに座って」

そういってくれる伯母たちが病気を抱えているのは、マツミには信じられなかった。こんなに普通に自然に会話ができるのに。

「おいしいわねえ」

伯母たちはうれしそうに顔を見合わせている。本当にこの人たちは、病気なのかしらと見ていると、アサコが、

「マツミちゃんは、今、大学何年生?」

と聞いてきた。マツミはぎょっとして、

「大学はとっくに卒業したの。今は四十一歳になったの」

といった。

「へえ、そんな。はあ」

アサコはびっくりしている。

「やあねえ、あなた、忘れたの？」

タエコが呆《あき》れた表情で妹を見た。

「マツミちゃんは結婚したばかりよねえ。新婚さんだもの」

とほほえんだ。マツミは再びぎょっとした。たしかに二年前に同僚と結婚はした。しかし結婚半年後に夫が元の彼女、それも二人と関係を続けていたことがわかった。おまけにそのうちの一人はマツミの直属の上司だった。とても結婚生活は続けられないと、結婚式の一年後に離婚した。もちろんこの話は、伯母たちも結婚式に出席してくれたのだから、母経由で二人の耳にも入っているはずだ。すでに頭の中から消え去っているのだろう。

離婚後、夫や上司と同じフロアで顔を合わせるのがいやで、マツミは退社した。自分の経歴やスキルだったら、不況でも楽に再就職ができるだろうと高をくくっていた。しかしなかなか就職先は見つからず、やっと再就職できそうな外資系の会社からも、急遽不採用の通知がきた。なので現在は、正社員になるチャンスを狙いつつ、近所のキッズ英語の教室で、アルバイト講師をしている。

このような自分の現状を、目の前の二人にいったい何と説明していいかと、短時間に

ぐるぐると頭を回転させ、

「結婚したけど、離婚したのよ」

とだけいっておくことにした。

「離婚、まあ、誰が」

アサコが不思議そうな顔でじっとマツミの顔を見た。

「私が」

「へえ、いつ」

「うーん、一年前かな」

「へえ、誰と」

「誰って、男の人よ」

マツミは元夫の名前をいうのもいやだった。

「ねえ、明日は台風が来るのかしら」

唐突にタエコが口を挟んできた。

「台風？」

マツミは一瞬、驚いたが、これが今のタエコなのである。

「台風は来ないいんじゃないの。ちょっと調べてみようか」

スマホで天気予報をチェックして、

「来ないみたいよ。お日様マークがついているから」

そう返事をすると、

「何が？」

とタエコがいった。

(何がって、あなたが明日、台風が来るのかって聞いたんでしょう)

そういいたいのをぐっとこらえ、

「台風が来るかって、聞いたでしょう」

とできるだけ優しくいった。

「あら、そんなことというわけないじゃない。この季節に台風なんか来るわけないでしょう。やあねえ、あははは」

マツミは馬鹿にされたような気持ちになり、正直、むっとしたけれど、まあまあと自分を抑えて黙ってにっこり笑い、スマホをバッグにしまった。

それを見ていたアサコは、

「マツミちゃんのバッグ、素敵ね」

と手を伸ばして膝に置いた。

「母が作ってくれたんです」

「ミツコは器用だからねえ」

こういう普通の会話も成り立つので、余計、マツミは混乱するのである。そのトートバッグはミツコが、ずいぶん前に趣味のパッチワークで縫ってくれたものだった。当時は口には出さなかったけれど、

（ださっ）

と思っていたのだが、自分も歳を重ねるにつれて、母がひと針ひと針縫って、作ってくれた気持ちを思い、退職後に愛用するようになった。

「軽くて丈夫なの」

「うん、そうね。私もこういうのが欲しいわ」

アサコがうらやましそうにバッグを眺めていると、タエコが、

「あなた、いっぱいバッグを持ってるじゃないの。千手観音だったらわかるけど」

と会話に割り込んできた。

「伯母さんはお洒落だからね。洋服ごとにバッグを持っていたものね。いつも素敵だなって思っていたわ」

マツミがアサコを褒めたのが気にくわなかったのか、タエコは顔をしかめて、

「この人はね、若い頃から派手好きなのよ。ご近所の人がどんな噂をしていたか、知らないでしょ」

といい放った。

「それはどういうこと？」

アサコの顔も険しくなった。マツミは二人に挟まれて、まいったなと思いながら、今後の展開を見守っていた。トラブルになったのは事実だが、とんちんかんな会話にはなっていないのが救いだった。

「あそこの中《なか》の娘は派手だ。どんな仕事をしているんだろうかって、いわれてたのよっ」

「そんなことないわよ。私が自分で縫ったワンピースを着て歩いていると、素敵ねえってみんなが触りにきたわ」

「どうせお世辞でしょ」

「お世辞じゃないわよ。私、その人に縫い方を教えてあげたもの」

延々と二人の口喧嘩は続いた。マツミはこんな状態の二人をほったらかしにして帰るわけにもいかず、

「はい、もう、それでおしまい。タエコ伯母さんだって、お洒落だったじゃないの。素

敵なスーツを着た写真を見たことがあるわ」

とタエコを褒めた。するとすかさず、

「そのスーツね、私が縫ってあげたのよ。ジャケットの丈が短くて、襟《えり》がこう丸くなっていたでしょ」

とアサコが前のめりになった。そういわれてもはっきりと記憶があるわけではなく、マツミが口ごもっていると、タエコが、

「それは違う。お父さんとお母さんが、誂《あつら》えてくれたものよ」

といい張った。場を収めようとしたのに、また面倒くさいことになったと、マツミが暗い気持ちになっていると、突然、タエコが立ち上がり、

「ほら、見て。親子かしら」

と庭木を指差した。木の枝にどこから飛んできたのか、茶色い大きな紙と小さな紙がひっかかっていた。遠目には雀《すずめ》の親子のように見えなくもないが、違う。

「あら、かわいい」

アサコも立ち上がって、ガラス戸の内側にへばりついている。さっきまでの険悪な雰囲気が嘘のようだ。マツミはあれは違いますと指摘しないで、新たに日本茶を淹れた。事実誤認はあるにせよ、伯母たちが仲よしのまま過ごしてくれればいいと願いつつ、絶

対そうならないよなと複雑な気持ちになった。

行きは辛《つら》いが帰りは楽な坂を一気に下り、マツミは家に帰ってきた。母のミツコは背中側にクッションを当て、置き物のようにソファに座ったまま、

「ご苦労様。どうだった？」

と首だけをマツミのほうに向けた。マツミが二人の話をすると、母はため息をついて、

「困ったわねえ。驚かされることもあるけど、まだ普通に話ができるからいいと思っていたのに。これから先が心配だわ。私もこんなふうになっちゃったし」

と声が小さくなった。

「しょうがないわよ。誰だって歳を取るんだから。お母さんの腰は疲れがたまったものだって、お医者さんもいっていたじゃないの」

マツミが母を励ましても、

「このあたりの特養老人ホームは十三か所あるらしいんだけど、どこも三百人、四百人待ちなんですって。待ってる間に、お姉さんたちどころか、私もこの世からさよならしているると思うわ」

とまたため息をつく。

「まあ、いいじゃない。今のところ私たちとヘルパーさんとで、何とかできているか

ら」

「それはそうだけど……。お父さんはいなくなっちゃうし、私は腰は悪いし。マツミだってこれから仕事を見つけなくちゃならないし。そうなるとお姉さんたちの介護をするのは大変よ」

「でもそうなったら、少しは資金援助もできるから、別の方法もあるんじゃない」

「そうねえ。どうなっちゃうのかしら」

母は父が亡くなってから、気落ちしていた。なるべくそれが大事につながらないように、マツミも明るくふるまうようにしていたが、年中そういうわけにはいかない。もしかして自分も伯母二人、母の介護だけで、人生が終わってしまうのではないかと不安になることもある。母の話を思い出しながら、一族の資産を計算して、何とあさましいのかと、自己嫌悪に陥ったりもした。自分まで暗くなっては、泥沼にはまってしまうので、から元気でも出さなくちゃいけないと自分にいいきかせた。

「介護認定も私から見ると、お姉さんたちは3くらいあると思うんだけど、何とかならないかしらねえ」

母はいつまでも愚痴《ぐち》をいっていた。

「はい、もうその話は終わり。甘い物でも食べて、少し休みましょ」

マツミは明るい声を出すと、トレイに紅茶とロールケーキを載せて、母の前に出した。甘い物を口にした母は、少し落ち着いたようで、目を閉じてそのままの体勢で眠りはじめた。

（はあ）

マツミはほっとして自分の部屋に入り、明日の午前中にある、英語の授業の準備をはじめた。

幸い、日に日に母の腰はよくなってきたが、マツミが自動車が運転できると便利なので、時間があるときに教習所に通おうかと、母に相談すると、

「これから歳を取って判断力が鈍るのに、今さら取る必要はないわよ。車も維持費がかかるし。必要なときにタクシーを使えばいいじゃない」

という。しかし二人でそれほど遠くもない場所に出かけるとき、まさか電動アシスト付自転車の後ろに母を乗せるわけにもいかず、いまひとつ不便さを感じていた。運転免許を持っていたら、就職活動の範囲も広げられたかもしれない。あれこれいっても今の自分は、新しく購入した自転車で、走り回るしかないのだった。

いつものように母が作ったお惣菜を、翌日も自転車の前籠《まえかご》に入れて坂を上り、伯母たちの家に向かった。庭に洗濯物が干してあるところをみると、洗濯をする習慣はまだ残

っているようだ。

「いつもありがとう」

伯母たちは声をかけてくれる。ソファに座っているタエコと、ダイニングチェアに座っているアサコの様子は変わらなかった。室内を見回ると、玄関、居間もそれなりに片づけられていたが、襖《ふすま》が開いているタエコの部屋をのぞいてみると、ものすごいことになっていた。ベッドの上は冬用のコートやシーツ、バスタオル、下着、ワンピース、パンツ、着物、羽織、帯が積んであった。驚いたマツミがタエコを振り返ると、彼女と目が合った。こちらを見て彼女はきょとんとした顔をしている。

「どうしたの。これで寝られる？」

「はあ？」

タエコはゆっくりと歩いてきた。

「ほら、これじゃ、寝られないでしょう」

ベッドを指差すと、タエコは、

「そんなことないわよ。ほーら、こうやって……」

タエコはぐいっとその衣類の山の中に足を突っ込み、もそもそと体を揺すりながら、その中に肩まで埋まった。

「ほーら、暖かい」

（暖かいかもしれないけど、それってベッドの中に入っているわけじゃないから）

マツミはいいたいことをぐっとこらえ、

「それじゃ服や着物が皺《しわ》になっちゃうでしょう」

とたしなめた。

「そんなことないわよ。ほーら、こんなに暖かい」

もう暖かいのはわかったと、マツミはその場を離れた。ダイニングチェアに座ったままのアサコが顔をしかめ、

「お姉さん、だらしないでしょ。私も前からやめなさいっていってたのよ」

と小声でいった。

「ああ、そう。伯母さんの部屋も見ていいかしら」

「はい、どうぞ。片づけてないけどね」

マツミがアサコの部屋を開けると、まずブランド品のエナメルのトートバッグに、スリッパ三足が詰め込まれているのが目に入った。床には足の踏み場もないくらいに、バッグや靴が放置されていた。

「バッグと靴の数がすごいわねえ」

マツミは静かにドアを閉めた。

「見て、いいなと思うとすぐに買っちゃうのよね」

明らかに二人は自分の持ち物を管理できなくなっていた。しかしこれらを処分したり、片づけたりしたら、烈火の如く怒るだろう。まだ家の外はきれいにしてあり、ご近所には迷惑はかけていないようなので、マツミは目をつぶることにした。

「おいしそうねえ、ミツコは料理が上手だから」

アサコは食卓の上の密閉容器を次々に開けて、中身を確認している。

「あなた、ちょっと食べ過ぎよ」

タエコが真顔でいった。

「何が」

アサコは不満そうな声を出した。

「だから、ミツコが作ってくれたものを、一人で食べてるっていうのよ。私ももっと食べたいのに、独り占めして」

「そんなことないわよ。お姉さんだって、この間の空豆の煮物を、さっさと全部食べちゃって。私だって食べたかったわよ」

「何いってんの。アサちゃんが全部食べたんじゃないの」

「やあねえ、これだからぼけてる人はいやなのよ」

「ぼけてるのは、あなたでしょっ」

マツミはまるでテニスの試合を見ているみたいに、右、左と交互に頭を動かし、伯母たちのやりとりにどっと疲れた。空豆の煮物なんて持ってきた覚えがないし、母が作っているのも見たことがない。二人の頭の中には奪い合いになった、あるはずがない煮物が、食べ物の恨みとして残っているのだ。

「またお母さんに作ってもらうから。ね、今日はこれで我慢して。喧嘩はやめてもらえないかな」

マツミにいわれた二人は、仕方なくうなずき、容器の中のタケノコの煮物やら、豚の角煮を眺めて、うれしそうな顔をしていた。

「それじゃ、おやつにしましょうか」

マツミがチーズケーキを出すと、二人はさらにうれしそうな顔になり、

「おいしいわねえ」

と子供のように食べはじめた。母親が子供を黙らせるために、口におやつを突っ込んでいるのと同じかもしれないと、マツミは複雑な気持ちになった。

「そうそう、あなたの店、どんな具合」

タエコがアサコに聞いた。

「店？　あの店はだめよ。まずいし、だいたい食中毒を出したっていうもの」

マツミは「ん？」とアサコの顔を見た。ふざけている様子もなく、真顔になっている。

「ああ、そうなの。ふーん。あの店はけっこう、いい柄の服を置いていたけどね」

「ああ、あそこはね、洒落たのを置いてたのよ。オーナーの趣味がよかったからね。私もあそこで、ガラスの食器を買ったことあるわ」

「ガラスもきれいだけど、すぐに割れちゃうからね」

「そうそう、ガラスが割れると、これがまた直すのに高くつくのよ。うちの店も子供の自転車が倒れて割られちゃって。親が逃げたもんだから、こっちが負担して大変だったわ」

「自転車に乗るのも大変だったわね。アサちゃんは乗るのが下手で、何度もドブにはまっていたわよね」

「ドブさらいもしたわよね、最近は全然、しないけど」

「そういえば、箒《ほうき》はどこにいったかしら。掃除しないといけないわね」

タエコは立ち上がり、辺りをきょろきょろと見渡しはじめた。

「伯母さん、ケーキを食べ終わってからにしたら。ゆっくり食べて」

マツミは彼女の肩に手をかけて椅子に座らせた。声がかすれていた。

「うちにはお手伝いさんが三人いたものね。髪洗いから着替えまで、全部手伝ってくれたものね」

アサコがうっとりとした顔になった。しかし、母の実家にお手伝いさんが三人いたという話なんか、聞いたこともなかった。

二人がケーキを食べ終えたのを見届け、マツミは晩ごはんの用意をして、自転車にまたがった。伯母たちはにこにこして、手を振って見送ってくれた。ねじれているのに、不可思議につながる会話。お互いにわけのわからないことをいいながら、それでも会話が成り立っていることが、マツミにはある種の奇跡のような、誰も太刀打《たちう》ちできない禅問答のような気がしてきた。伯母たちの発想は想像を超えているので、一緒にいると楽しいことは楽しいが、まじめに二人のこれからを考えると不安がつのってくる。

「あー、どうしたもんかねえー」

マツミは大きな声を出しながら、長い坂を全速力で下っていった。

母、見える？

二十四歳のハルカは、勤めていた会社に出入りしていた、取引先の営業担当のツヨシと恋愛結婚した。彼はランニングが趣味で、日に焼けていて、いつも明るくはきはきして健康的で、ハルカにとってとてもまぶしい存在だった。結婚の話が出たとき、一人娘のハルカは、自分が家を出ていいものかと悩んでいた。父が四十五歳、母が三十九歳のときの子で、友だちの親に比べて二人は十歳は歳を取っていて、両親の老いに関して敏感にならざるをえなかった。当時から持病があった父は入退院を繰り返していたし、新婚生活を送りながら、結婚後も仕事を続けて、そのうえ実家を往復して母の手助けをするのが、自分にできるか自信がなかった。母は、

「ハルカの好きにすればいいよ」

といっていたが、その裏にそうではない気持ちが含まれているのも、ハルカにはわかっていた。

いまひとつ表情が晴れ晴れしない雰囲気を察知したツヨシが話を聞き、自分がハルカの実家で同居するとあっさりといってくれたので、ハルカは、本当にありがたいと彼に

感謝した。その話を母にすると、

「あらまあ、新婚さんが同じ屋根の下にいるなんて。私はどんな顔をしていたらいいのかしら」

と笑っていたが、うれしそうなのがハルカにはよくわかった。遠方に住んでいるツヨシの両親からも特に何もいわれず、結婚式も滞りなく終わった。ツヨシは新婚旅行中のハワイでも、早朝から走り続けていた。運動が苦手なハルカは誘われても断り、彼が戻ってくるまでの間、ホテルのネイルサロンに行ったり、買い物をしたりしていた。帰国直後にハルカの父が急死したのは残念だったが、それ以外は順風満帆だった。


結婚三年目には、長男のタケルが生まれ、育児休暇制度を推進していた会社の元の部署にも戻れた。友だちからは、

「ハルカはうらやましいわ。ツヨシさんが実家に住んでくれているし、勤めている会社も理解があるし。理想だわ」

といわれた。母はもちろん、夫も会社から帰ると家事をしてくれた。帰りが遅くなり急いで家に帰ると、ハルカの分の食事が準備されていて、台所で息子を背負った母と、夫が肩を並べてお皿を洗っていたりしていた。

「いい人と結婚してよかったねえ。あんな男の人はどこを探してもいないよ」

母は何度もハルカにいった。

休みの日は家族四人でよく遊びに行ったし、タケルもこれといった病気もせず元気に育ってくれた。小学校の成績もよく、ハルカとツヨシも期待していたが、タケルが中学校に入ったとたんに、徐々に様子がおかしくなってきた。服装の乱れや成績が落ちたわけではないのだが、祖母とはともかく、親とはほとんど話さなくなってしまった。小学生のときは無邪気に、

「お父さん、お母さん」

と明るい顔でとびついてきたのに、話しかけても目を合わさず、返事もしない。心配になって担任の男性教師にたずねると、

「学校では何の問題もなく、みんなと明るくやってますよ。年齢的なものじゃないですか。タケルくんは心配ないと思いますけど」

という返事だった。反抗期は自分にもあったけれど、昔とは状況も違う。夫に相談すると、

「反抗期はあって当たり前だろ。ないほうが変だよ。きみのほうが子離れできていないだけなんじゃないの」

といわれてしまった。たしかに小学生の無邪気に親に甘える姿を、成長していく息子

た。

相変わらず夫は、朝早く起きて家の近くの大きな公園を、二周するのを日課にしてい

「子供のことばかり考えてないで、何か趣味を持ったら」

に対して、いつまでも求めてはいけないと反省した。

高校受験のときも、タケルはほとんど口をきかないので、ハルカははらはらしていた。親子面談でも、担任の言葉には返答するけれど、ハルカの言葉には答えない。隣に座っているのに、担任を通じてしか息子の意思を確認できない状態に苛立《いらだ》った。会社から帰ると息子は自室にこもっていて、顔を見せない。調理台の上には彼が祖母の分も作り、二人の食べ終わった皿が、洗って伏せてあった。彼には小学校高学年の頃から、料理ができるようにしつけてきたので、自分の食べたいものは自分で作り、食器洗いも習慣になっていた。最近は母の膝の具合が悪くなり、料理を作ることが辛《つら》くなってきたので、時折、彼女の分まで息子が作っていた。友だちには、立派な息子さんと褒められていたけれど、実際はそんな息子と会話もなく、自分が彼に対して何もできないことに、親としての無力感も増してきた。子供部屋のドア越しに、

「たまには外に出て話くらいしたらどうなの。お母さんたちとほとんど口をきいてないじゃないの。そういうのは変でしょう」

といったりもした。何の返事もない。自室でイヤホンをつけてテレビを見ていた母は、襖《ふすま》を開けて、

「ほっといてやりなさいよ。勉強しているんだよ。タケルが作ってくれた焼きうどん、とてもおいしかったの。私もお父さんやお母さんに感謝するんだよって、いつもいっているから。お友だちだって遊びに来てくれているし大丈夫だよ」

という。

「ああ、そう」

ハルカはドアの前を離れた。帰ってきた夫に訴えても、

「大事なときなんだから、邪魔をするなよ。子供だって別人格なんだから、何でもきみの思うようにならないことをわからなくちゃ」

とたしなめられた。夫は休日となると、ランニング仲間と一緒に、走りに行くのを続けている。納得できないもやもやが、ハルカの中に溜まっていた。ハルカは、うちの男どもは私の気持ちなんて全然、理解してくれないと、暗い気持ちになった。

タケルは無事、第一志望の公立高校に入学した。ハルカは合格を息子からではなく、息子から合格の連絡を受けた担任からのメールで知った。夫にも息子は連絡していなかった。

「こんな大事なことを親に連絡しないなんて。本当にあの子はどうかしてるわ」

合格してうれしいのと、無視されたのとで、ハルカはほっとしたり怒ったりして、それを夫にぶちまけた。

「まあ、いいじゃないか。うまくいったんだから」

息子は家でのささやかな入学祝いの席でも、祖母とは少し話すけれど、両親が話しかけても、ろくに返事をしない。ハルカが怒りの目つきになっているのがわかった夫は、首を小刻みに横に振って、サインを送ってきた。ハルカだって祝いの場を荒らす気持ちはなかった。ただこのような席での息子の態度に、腹が立って仕方がなかったのだ。

息子が高校に入学してはじめての夏休みが終わり、新学期が始まったある日の午後、たまたまずらした会社の夏休みが一緒になったハルカと夫は、珍しく二人きりになっていた。母は近所の友だちに誘われて、市民会館で開かれた歌謡コンサートに出かけていて留守だった。ふだんと違って朝から無口の夫の様子に、夏の疲れが溜まっているのかもしれないとハルカは心配になってきた。

「晩御飯、何がいい？　少し疲れているみたいだけど」

声をかけると、突然、夫が目の前で土下座した。

「別れてくれ」

「は？」

　ハルカの頭の中では「別れてくれ」がぐるぐるまわっていたが、いったいそれが何を意味するのか認識できなくなっていた。

「彼女ができた。本気なんだ。頼む。別れてくれ」

　床に全身の血液が吸い取られていくような感覚になりながら、ハルカはソファにへたり込んだ。

「どうして？　どうしてなの？」

　様子が変だとか、女性の匂いがするとか、そんなことは一切、わからなかった自分が、どれだけ鈍感だったのかと、情けなくなってきた。夫はずっと土下座したままで何もいわない。

「どういう人なの？　どこで知り合ったの？　いつからの話？」

　怒りが爆発するというより、体に力が入らなかった。

　夫の話によると、彼女とはお互いにランニングが趣味で知り合い、一緒に走っているうちに、必要以上に親しくなってしまった。年齢は自分より十五歳下の大企業の受付嬢で、学生時代はずっと中距離の選手だった。関係は三年前からだという。

「本当に全部、おれが悪い。だから体ひとつで出て行くから許してくれ。何をいってもい訳になるから、何もいわない。頼む、別れてくれ」

よほど相手の女性からつつかれているのだろうか、夫はひたすら土下座に徹している。

「タケルと母にも、きちんと説明してください」

悔しいとか腹立たしいという気持ちはなく、ただ夫を馬鹿にしたい気持ちだけがつのってきた。

その夜はどんよりと暗くなった。無口で仏頂面《ぶっちょうづら》の息子と、好きな歌手の歌を聞いてぽーっとなっている母をリビングルームのソファに座らせ、夫はハルカにしたのと同じように、土下座をして、

「ごめん。父親、息子として、やってはいけないことをしてしまった。お母さんと別れようと思っている」

といった。タケルは一瞬、びくっと眉と体を動かしたが、ふだんと同じ表情に戻った。母はとても驚き、

「どうして？　ハルカのどこがいけなかったの？　あの子は気が強いところもあるけれど、そんなにひどい子じゃないと思うのよ」

と訴えはじめた。

「はい、もちろんです」

土下座したまま夫は答えた。

「何とか、元に戻らないかしらねえ」

母がおろおろしていると、すっとタケルが立ち上がり、自分の部屋のドアを開け、土下座している父親に向かって、

「勝手にすりゃあいいだろ。さっさと出て行きゃいいんだよ」

と吐き捨てるようにいった。

「えっ、タケルちゃん、そんな……」

すでに母は涙ぐんでいる。ハルカが夫にかける言葉は何もなかった。目の前で土下座している男性はすでに夫ではなく、元夫という感覚でしかなかった。

緑色のラインが入った離婚届はすでに彼が準備していた。その用紙が少しよれていて、前々から準備されていたものだとわかって、ハルカは腹が立ってきた。誕生日の花束や、まめにおみやげに鮨やケーキを買ってきてくれたときも、どこかにこの紙を隠していたのかと思うと、尻に一発、蹴りをいれたいくらいだった。養育費、慰謝料についても、夫はすべてハルカ側の意向に従い、身の回りのものだけを持って家を出て行った。これからみんなで協力していきましょうと、ハルカが母と息子に声をかけても、

「一緒に住んでくれて、とてもいい人だったのに。こんなことになるなんて」

母はずっと泣いていた。一方、相変わらず息子は無口、無表情だった。

離婚の証人になってくれたハルカの学生時代からの友だちに、手土産を持って礼をいいに行くと、

「会社の人に聞いたんだけどね、よくあるらしいわよ、マラソン不倫」

と教えてくれた。ランニングを長い間やっていると、マラソン大会に出場したくなり、休みの日に地方まで走りに行く人も多い。そのときにさまざまな大会で異性とも顔見知りになるわけだが、その際、自分の身を律することができず、マラソン大会にかこつけて不倫相手と会うようになるという。

「運動をしているから、精神も健全っていうわけでもないのよね。まあ考えてみれば、男性にとって健全っていうのが、どっちかっていうところは問題だけど」

彼女はおいしいコーヒーを淹《い》れてくれて、

「タケルくんだって、高校生になったんでしょ。男手もあるし、生活にも特に困るわけでもないし、すっきりしたじゃない。若い女にくれてやったと思えばいいのよ」

と明るく笑った。

「そうね、そうよね」

ハルカは何度もうなずき、自分が若い女性と比べられ、自尊心を傷つけられた気持ち

が、だんだん薄れていった。

　家族の大きな変化があって、息子の態度が変わるのではと期待していたが、そうはならなかった。いくら頭でわかっていても、つい学校でのことをあれこれ聞くと、これまでは無視だったのに、最近は、

「うるせえなあ」

　と本当にうるさそうにいい放つようになった。口をきいてくれても、こんな言葉はうれしくない。一度、母として自分の考えていることをいわなければと、

「この家で男一人になったのだから、これからはしっかりして」

　といったら、

「うるせえ、くそばばあ」

　と罵声を浴びせられた。驚いているうちに、彼は自室のドアを大きな音を立てて閉めて、中に入ってしまった。

「ハルカ、そんなにうるさくいわないで。複雑な年頃なんだから」

　また母の涙である。ハルカは背後ですすり泣く気配を感じながら、

（私はあんたからしたら、ばばあかもしれないけど、くそでもないのに、どうしてそんなことをいわれなくちゃならないのよっ）

と拳《こぶし》を握りしめた。それ以来、息子の行動はできるだけチェックしていたが、最低限の事柄を除き、息子に話しかけるのはやめた。友だちとアルバイトを始めたとか、フットサルの練習に行っているとか、そういった話はすべて母経由で知った。

フルタイムで働いていたハルカにとって、自分と息子をつなぐ重要な情報源だった母の様子に変化が起きたのは、離婚してちょうど一年経《た》った頃だった。母の表情が乏しくなり、何を聞いても、

「うーん」

というだけで反応が鈍い。ハルカが会社から帰ってきて、

「タケル、何かいってた？」

と聞いても、同じく「うーん」としか返ってこない。そして、

「あっ、ジロウちゃん」

と母の従兄《いとこ》の名前をいって、部屋の隅を指差す。

「やだ、誰もいないわよ。何と間違えたの？　電気スタンド？」

ハルカは嫌な予感がした。

それから自分は子供だからといったり、お金がわからなくなったり、そこには誰もいないのに話しかけていたりといった行動が重なり、ハルカは母を病院に連れて行った。

八十歳を過ぎているし、気持ちの上では覚悟をしていたが、とうとう来たかとため息をつくしかなかった。診察の結果、母はやはり認知症を発症しており、物忘れよりも幻覚、幻聴の症状が現れるタイプだった。ハルカは悲しみながらも、ケースワーカーと相談して、平日に毎日通えるデイサービスの施設を見つけ、とりあえず彼女の日中の居場所は確保した。母は膝が痛いといっても、まだ自分の足で歩ける。火の不始末がいちばん怖いので、ガスコンロをすべてIHヒーターに変えて、常にロック状態にしておいた。デイサービスに通うには、家族の見送り、出迎えが条件になっており、ハルカは会社に申請して出勤時間を少し遅らせてもらい、また母が戻ってくる時間帯に、一時的に抜けさせてもらえるように交渉した。息子にも、

「お祖母《ばあ》ちゃんが病気になったから、タケルも助けてあげて」

といったものの、やはり無言だった。

母は文句もいわず、デイサービスの迎えの車に乗っていったが、通いはじめてふた月ほど経ったとき、送迎している職員から、

「フジエさん、他の方となじめていないようなんです」

といわれた。母はもともと社交的な人だし、そのような姿は想像できなかったが、話を聞くと施設で周囲の人に罵詈雑言《ばりぞうごん》を浴びせるので、敬遠されているというのだ。

「ばかやろうとか、てめえなんかあっちにいっちまえ、なんておっしゃるので、みなさんが……」

ハルカはあっけにとられた。

「症状がさまざまな方が来所なさっているので、それは仕方がないのですが。慣れてきたら状態が変わるかもしれないですね」

「本当に申し訳ありません。お手数をおかけします」

頭を下げるしかなかった。

休日、家での母は、無表情でテレビを観ているだけだった。ハルカは床に掃除機をかけながら、

(息子も母親も無表情、口を開けば暴言。いったいどうすればいいんだろうか)

と悩んだ。息子は現状がわかっているんだかわかっていないんだか、無表情で自分の目の前を通り過ぎていく。自分の周りによいことなんて、全然起こらないと落ち込みはじめたら、離婚からすべての運が落ち込んだと思い当たった。

「あいつのせいだ」

元夫のツヨシに対する憎しみがふつふつと沸き上がってきた。

「あいつが自分が背負っていた疫病神を、この家に置いていったんだわっ」

認知症の母と反抗期の息子の間で、日々、気を揉《も》んでいる自分とは裏腹に、いつ結婚するのかは知らないが、のんきに若い女性とランニングをしているツヨシの姿を想像すると、はらわたが煮えくりかえった。

「自分ばっかりいい思いをして、何よ！　ふざけんじゃないわよっ」

ハルカは洗面所で、これから洗濯するタオルを、洗濯機の中に叩きつけた。

ハルカがよかれと思ってしつけた息子は、すべて自分でできるようになってしまい、ハルカを頼ってこない。親らしいことがしてやれているのは学費だけだ。母があのような状態になってしまって、彼も驚いているのかもしれない。高校受験、両親の離婚、祖母の病気がたてつづけにやってきて、混乱しているに違いない。ハルカは息子の態度に対して、なぜと問いかけたくなる気持ちと、そんなふうにさせてしまった、母としての情けなさが入り交じり、頭の整理がつかなかった。

ハルカが会社を抜けていったん家に戻り、玄関の鍵を開けると誰もいない。夕方四時から五時の間に母が帰ってくるので、息子が帰宅するには早い時間帯なのだ。ハルカはデイサービスの車から降りてくる母を家の前で引き取り、体を抱えるようにして部屋まで連れて行く。施設でお風呂にいれてもらうので、せっけんのいい香りがしている。

「ここにお弁当があるから食べてね。しばらくすれば、タケルも帰ってくるから」

ハルカが声をかけて、母から返事があるときもあれば、ないときもある。ハルカとの会話は少なくなり、無言が多くなった。しかしその日は弁当箱を膝の上にのせた直後、

「あっ、おばちゃん。この間はお菓子をありがとうございました」

と突然、立ち上がり、弁当箱を床に落とした。はっとしたハルカが近寄っても、娘の姿など目に入らないようで、母は廊下の奥に向かって歩み寄り、誰もいないのにそこにいる誰かに向かって、うれしそうに話しかけていた。ハルカは床に落ちた御飯やおかずを片づけ、冷凍しておいた炊き込み御飯を電子レンジで解凍し、急いで冷蔵庫の中のものので、とりあえず母のための晩御飯を作った。

「お母さん、ここに晩御飯があるからね」

「あら、いつ帰ってきたの？」

母はくるりと振り向いて驚いている。

「さっきね。テーブルの上に晩御飯を置いてあるから。食べてね」

母は無言で自室に入っていった。ハルカはＩＨヒーターをロックして家を出た。この先、いったいどうなってしまうのか、皆目見当がつかなかった。

夜、ハルカが会社から戻ると、母は炊き込み御飯と湯豆腐には少しだけ手をつけていたが、急いで作った野菜炒めには手をつけていなかった。母が残した御飯やおかずを、

温め直して食べていると、タケルが風呂から上がってきた。ちらりとハルカのほうを見たが、何もいわない。その姿を見たときに彼女は怒りが沸き上がってきて、

「『お帰り』くらいいったって、バチは当たらないんじゃないの」

と嫌みったらしくいってしまった。

「うるせえなあ、くそばばあ」

タケルは低い声で吐き捨てるようにいった。ハルカが箸を手にしたままにらみつけると、彼は目を合わさないまま、不愉快そうに自分の部屋のドアを閉めた。

「くそばばあですって。たしかにばばあかもしれないけど、くそじゃないわよっ」

すでに心の中だけで留《とど》めておくような状態ではなくなっていたハルカは、怒りをこめられるだけこめて、息子が閉めたドアに向かっていい放った。

「やめてえ。私のお人形、取ったらいやあ」

母の叫ぶ声が聞こえてきた。彼女の部屋の襖を開けると、畳の上に仰向《あおむ》けになり、手足をばたばたさせている。

「どうしたの？」

「私のお人形、持っていかれちゃったの」

「えっ、誰に？」

「ツネコちゃんだよ。いつも私のものを盗むんだよ」

ハルカは母の上半身を起こしてやり、背中をさすり続けた。しかし母は娘の手を振り切り、必死の形相でタンスの引き出しを探しはじめた。肌着が畳の上に散らばった。

「お人形、お人形」

母の背中は殺気立っていた。ハルカはこれはもう何をいってもだめだとあきらめ、ぼーっと母の背中を見つめていた。引き出しの中のものをすべて畳の上にぶちまけると、母はしばらく、「ない、ない」とつぶやいていたが、そのうちぼーっとしはじめた。

「ほら、もう寝る時間は過ぎているから。今日はもう寝ましょうね」

ハルカが声をかけると、母は素直に布団の中に入った。散らばった肌着を引き出しの中に戻し、ハルカは、

「おやすみなさい」

といって母の部屋の電気を消した。

母はあるときは、

「真珠のネックレスがない！　あなた、盗《と》ったでしょう。返しなさいよ」

とハルカをにらみつけたり、またあるときは、

「今日はね、タカオおじちゃんとね、潮干狩りに行くの」

とうれしそうに手提げにタオルを詰めたりしている。それが朝晩深夜と現れるので、ハルカは気が休まるときがなかった。

眠りについたとたんに、

「私が鬼だよ」

とはしゃぐ声が聞こえ、家の中を走り回る音が聞こえる。ハルカはどっこいしょと体を起こし、

「今は夜でみんな寝ているからね。鬼ごっこは昼間にしましょうね」

となだめて母を部屋に連れて行く。素直にうなずくときもあるが、その夜は身をよじって嫌がった。母は時折、

「ハルカ、お勤め大変だねえ」

と声をかけてくれることもある。もしかして症状が好転したのではと一瞬、うれしくなるのだが、その夜にまた、誰もいないところに向かって、

「ジロウちゃん、こっちにおいでよ」

と声をかけたりする。すべて母を中心に自分が対応するしかなかった。最初はすべてにびっくりしてしまい、母の言葉を否定したりしていたが、自分には見えていないが、母には見えているのだと思って、その何かが見えている気持ちに添って、自分も相手を

するようにした。母がやっと落ち着いて部屋に入ってくれ、ちらりと息子の部屋を見ると、ドアが細めに開けられていた。はっとしてもう一度見ると、ドアは閉じられていた。

　翌日、六時に目が覚めて、ハルカはいつものように睡眠不足のまま、コーヒーを淹れた。離婚、母の病気後、どんどん濃くて苦いのを好んで飲んでいるような気がする。コーヒーの香りに少し気分をよくしながら、テーブルにカップを置くと、タケルの部屋のドアが開いた。どうせ私がここに座っていたって無視するだけとわかっているので、窓から見える庭の木を眺めていると、寝巻きがわりのジャージー姿のタケルが、何もいわずに自分もコーヒーを淹れはじめた。ハルカは、

「おはよう」

　とだけいい、タケルが自分も飲みたいといえば、一緒に淹れてやったのにと、カップを手にまた庭に目をやった。

「タロウちゃんが来る、タロウちゃんが来ちゃうから」

　襖が開いて母が出てきた。何やらとても急いでいる。

「どうしたの」

　ハルカがたずねると母は何もいわず、

「タロウちゃんが来るのに間に合わない」

と下駄箱から靴を出そうとしている。勝手に外に出ると危険なので、母が病気になって以来、玄関に靴を置いておくのはやめたのだ。

「タロウちゃん、どこに来るの」

「お寺に来るっていってたの。みんなで遊ぶんだから」

母の声は弾んでいた。タロウちゃんというのは、ジロウちゃんの兄で、幼い頃、よく遊んでいたらしい。ハルカが靴を出すのをやめさせようとしていると、タケルがやってきて、

「じゃ、一緒にお寺に行こうか」

と自分のサンダルと祖母の靴を出した。ハルカが驚いて彼の顔を見ても、目を合わそうとしない。母は急いで靴を履き、早く早くとタケルをせかしている。母の目にはタケルは孫だと映っているのだろうか。それとも親切なお兄さんと見えているのだろうか。

母はタケルと手をつないで、家を出て行った。室内の風景ではない映像を見たくて、テレビを点《つ》けると、各地の話題を取り上げていた。近郊の都市ではじめてマラソン大会が開かれるという。何気なく見ていたら、ランニングウエアを着た参加者のなかに、見覚えのある男が映っていた。

「あっ」

まぎれもなく元夫だった。髪を茶色く染めて、明らかに前より若返っている。ハルカは思わず画面に近付いた。レポーターから、マラソン大会に参加する意気込みのインタビューまで受けている。傍らにはピンク色のランニングウエアを着た、美人の若い女性が寄り添っている。へらへらとしたツヨシの受け答えにハルカは、こんなにちゃらい男だったっけと呆《あき》れた。

「若いきれいな奥さんと一緒にマラソンなんて、うらやましい限りです」

などとレポーターにいわれ、隣にいる彼女と目を合わせてにやついていた。脳の動きが停止した。自分がこんなに大変な思いをしているのに、これからあいつは不倫のあげくに妻にした美人と走り、沿道から「がんばれ」などと声援まで受けるのだ。ハルカはリモコンのスイッチを力一杯押してテレビを消した。

どうしてよりによって、あんなものを見てしまったのかと後悔していると、家を出て十分ほどで、二人は手をつないで帰ってきた。テレビのことは黙っていた。

「お帰りなさい。タロウちゃんに会えた？」

ハルカが声をかけても、母は無言、無表情で部屋に入ってしまった。

「しばらく歩いていたら、急に帰るっていい出したんだ。タロウちゃんはって聞いたら、それには答えないで、帰る帰るって、そればっかりだよ」

　とタケルが教えてくれた。息子と何年ぶりかでまともな会話をした。くそばばあといわれたけれど、彼もちゃんとハルカを理解してくれ、母にも労《いたわ》りの気持ちを持ってくれていたのだ。ここでまたあれこれいって嫌がられると困るので、

「ありがとう。助かったわ」

とだけいった。タケルも何もいわず、コーヒーを手にして自分の部屋に入っていった。ハルカの気持ちがほんのりと柔らかくなってきた。母の状態は好転しないかもしれないけれど、三人で助け合いながらこれから過ごして行こうと、ちゃらい元夫の姿を思い出しながら、少しだけ胸を張った。

父、行きつ戻りつ?

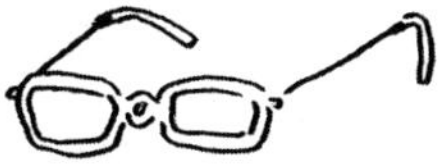

アキは両親が四十二歳のときに生まれ、その二年後に妹のナツキが生まれた。両親は二十一歳の同い年で結婚後、二十年も子供ができなかったので、拾ったりもらったりしたイヌたちを、我が子のようにかわいがっていた。そこへぽこっとアキができたのである。アキとナツキは、自分たちは歳を取ってからの子供なので、早い時期に両親の面倒を見る必要があると予想していたが、病気がちだった母は六十六歳で亡くなった。その直後に老犬のサスケも亡くなったときは、元気な父も気落ちしていた。しかし大工の見習いからはじまって、今も社員五人の小さい工務店を経営している父を見ると、現実には介護という文字は、まだまだ関係ないと思っていたのだ。

このごろ、父の様子がおかしいと、妹のナツキからアキのところに、たびたび電話が来るようになった。LINEでも連絡はとれるのに、わざわざ電話をかけてくるのは、口から自分の気持ちを言葉と一緒に吐き出したいからなのだろう。

「お姉ちゃん、ほんと、大変だよ」

からはじまって、「また、やらかしてくれた」「何度いってもわからない」「もういやだ」が、かわりばんこに出てくる。アキが一年前に結婚して家を出てから、ナツキは父と二人暮らしになった。日中は社員の出入りがあるけれど、プライベートは二人だけだ。

「うん、わかった。明日、行くよ」

アキは姉として、妹のガス抜きをしなければと、二人の好物のウナギを買って、会社の帰りに実家に立ち寄った。

「こんばんは」

ナツキがドアを開けると、その後ろに父が立っていた。もともと体がしまった筋肉質の人だったが、さすがに最近は肉が落ちてきて、棒がチェックのシャツを着ているように見える。

「お父さん、私、誰だかわかる？」

アキは試しに聞いてみた。

「何いってんだ、ばかにすんな。おれはまだまだぼけてないぞ」

父はちょっと怒り、ナツキに、

「ほら、お姉ちゃんにサイダーでも出してやれ」

と命令した。

「お姉ちゃんってわかってはいるけど、名前まで覚えてないでしょ」

ナツキの言葉に彼は、

「まーた、ばかにして。おれは八十になったがなあ、頭はしっかりしてるんだ。お前は妹のナツキ、お姉ちゃんはアキ。あの世に行った母さんはミツヨ。どうだ、間違ってないだろう」

と両手を腰にあてて胸を張った。たしかに娘たちと亡妻の名前も、自分の年齢も間違っていなかった。子供としてはそれはほっとする部分なのだが、一方で日々、問題を起こしはじめ、自分ではぼけていないと確信している父を見て、姉妹はあたふたしていた。

小学生のとき、アキは歳を取った両親が恥ずかしかった。父は姉妹をかわいがってくれ、授業参観があると、来なくてもいいのに積極的に学校にやってきた。お調子者の父は、そーっと後ろを振り返ったアキに、にこにこ笑いながら手を振ったりしていた。もちろんアキは手を振り返すわけでもなく無表情である。先生が算数の文章題を板書して、

「この問題わかる人」

といったとたん、

「はいっ」

と背後から明らかに父の声が聞こえたとき、アキは、自分の人生は終わったと思った。一同がびっくりして振り返ると、アキの父は満面に笑みを浮かべて勢いよく手を挙げて

いた。周囲の保護者たちは下を向いて必死に笑いを堪《こら》えている。

「あ、あの、お父さんは結構です。生徒たちに聞いていますので」

そのとたん教室内に笑い声が爆発し、アキはもう一度、

「終わった……」

とつぶやいて机の上に突っ伏した。

「ああ、そうですか、そりゃ、失礼しました。一生懸命に見ていたら、答えなくちゃいけないと勘違いしちゃって」

苦笑いしながら頭を掻《か》く父の声を聞きながら、アキは、

(二度と来るな)

と魂が抜けた。同級生にばかにされるかと思ったら、

「アキちゃんちのお父さん、おもしれー」

といわれたのが救いだった。長女の授業参観で学んだのか、ナツキにはそういった記憶はない。ただ授業の急所にさしかかると必ず、背後から感心したような、

「ほおお、なるほどねえ」

という父の声が何度も聞こえて、それがとてもいやだったのを覚えている。

姉妹の進学の話が出ると、膝の上に拾った柴犬の老犬サスケを乗せながら、

「どこでも好きな学校に行け。何だったらほれ、ケンブリッジとか、ハーバードとか、そこでもいいぞ」

などといって笑っていた。しかし年頃の姉妹は、父との会話を盛り上げるわけでもなく、

「あー、はいはい」

と適当に返事をしていた。それでも家にいる父はいつも楽しそうで、社員たちからも慕われていた。

もともとまめな人だったが、母が亡くなってからは料理に精を出すようになり、母の花柄のエプロンをして、頼みもしないのに会社に行く姉妹のために、常備菜も取り入れた豪華な弁当を作ってくれた。

「どうだ、すごいだろう」

威張る父に、外回りの仕事もあるから、お弁当を持っていっても、食べられないことがあると遠慮がちにアキが話すと、

「弁当も食えない会社たあ、どういうことだ。おれが上司にひとことといってやる」

と息巻く。

「わかった、持っていくね。ありがとう」

あわてててアキがバッグに弁当を入れ、それでは自分もとナツキも同じようにすると、父は満足そうに笑みを浮かべ、

「残しちゃだめだぞ」

と二人を送り出すのだった。今は現場は一番弟子の、五十歳のサトルさんにまかせ、たまに出向いて活を入れるのと、会社内の工場で若い社員たちの指導にあたるのが父の仕事になっていた。組み立てばかりではなく、やはり基本的な道具をきちんと扱えなくちゃだめだというのが、父の口癖になっている。

一年前にアキが結婚して家を出たときには、まだ父には問題になるような行動はみられなかった。もともと夫のケンジが暮らしていた分譲マンションで、夫婦は暮らすことになったのだが、そこにも父は早速《さっそく》やってきて、ここの仕事が甘い、ここも手抜きをしているを、プロの目で厳しくチェックした。

「ああ……、そうなんですか」

義理の息子が気落ちしているのがわかると、父は、

「ま、それでも新婚だからさ、毎日楽しくやっていかれるさ」

と励ましていた。自分で落ち込ませておきながら、励ますというのは、どういうことだとアキは呆《あき》れたが、夫は、

「お義父《とう》さんの、表裏がない率直なところがいいね」

といってくれた。

アキが家を出たことで、父と二人暮らしになったナツキは、学校を卒業して三年間は会社に勤めていたが、思うところがあったのか、経理の勉強をしはじめて会社をやめ、父の会社を手伝うようになった。アキもそれについては何も相談されなかったので、会社をやめたと聞かされたときは驚いたが、父はとてもうれしかったと思う。それに比べて自分は親に対して何もしてあげられていないと反省したのも事実だった。あるときその気持ちを父に伝えたら、彼は、

「あきらめてた四十を過ぎた父さんと母さんのところに、生まれてきてくれただけで、大の親孝行だよ」

と笑っていた。

父の行動に変化が起きたと最初に気づいたのは、サトルさんの話からだった。

「突然、現場にやってきて、同じことを何度も何度もいうんだ。ここがおかしい、やりなおせって注意して、またぐるっと現場をひとまわりして同じことを。それを五回も六回も繰り返すんだよ」

さっぱりした性格の父からは想像できない態度で、ナツキが、

「急に現場に行って、しつこく文句をつけはじめたら、仕事が滞るでしょう」

と注意しても、父は、

「そんなことはしてない」

とその一点張りだった。

ナツキからそれを聞いたアキは、

「とうとうきたかもね」

とため息をついた。

「あんなに元気なのに？」

「外見は元気そうでも、頭の中はわからないからねえ」

アキは、病院に連れていくべきか、どうしようかと悩んでいた。

病気は根性で治すといって、病院が大嫌いな父を、病院の前まで連れていったとしても、診察を受けないのは行く前からわかっていた。家に介護支援専門員に来てもらい、状態を調査してもらう案もあるが、見知らぬ人に、仕事以外のことをあれこれ聞かれたら、しまいには、

「あんたたちは何しに来たんだよ」

と怒り出す姿が目に浮かぶ。ナツキの話によると、現場での妙な行動はあるにせよ、

日常生活にはそれほど差し障りがないようなので、アキは様子を見ることにした。しかし認知症はなるべく早く、専門家のアドバイスを受けたほうがいいという話を耳にすると心が揺れ動いた。

父もまだしっかりした部分があり、そんななかで、自分が病気だとわかったらショックを受けるのではないか。それによって落ち込み、老け込むほうが、問題ではないかとアキは考え、夫も彼女の考えに賛成してくれた。一般的には少しでも早く対処したほうがいいのかもしれないが、現役で社員にも技術指導をしているので、父の行動により周囲に影響が大きく出はじめたら、あらためて考えたい。ナツキにも自分の考えを伝え、サトルさんにも、

「少しでも問題があったら教えてね」

と頼んだ。

「社長、どうしちゃったのかなあ」

心優しいサトルさんの悲しそうな顔を見て、大丈夫といえない姉妹も悲しくなってきた。

父の様子は気にかかっていたが、ナツキからの電話もなく、現状維持で何とか過ごしているのだろうと、アキは思っていた。ところが半年ほど経《た》ったとき、ナツキから暗い

電話があった。現場での繰り返しチェックは回数も少なくなり、ほっとしていたのだが、今度は若い社員に指導するときに、同じことを何度も繰り返すようになったという。それも念を押すふうではなく、はじめて彼らに話すような口ぶりだというのだ。社員たちは、

「さっきも聞きました」

といえないので、困った顔をしてじっと話を聞いている。何度も同じ話を聞かされるのも苦痛だろうが、指導が先に進まないのも困るのである。「社長がまた変です」と彼らから聞いたナツキが、工場の隅で様子を見ながら、

「お父さん、次にいったほうがいいんじゃないの。それはみんな、わかったと思うから」

と口をはさむと、

「うーん、そうか、みんなわかったのか。じゃあ、次」

と別の鉋《かんな》を取り出す。手にする道具類が間違っていないのが救いだった。

「指導しているお父さんの指導員がいなくちゃだめなのよ。私も仕事があるから、ずっと見ているわけにはいかないし」

ナツキはそういって黙ってしまった。

「うーん、第二段階に突入っていう感じかなあ」

「そうみたい。このまま、どどっと雪崩《なだれ》状態になったらどうしよう」

「歳も歳なんだから、仕方がないわよ」

「でもあんなに元気だったのに」

「過去の話をしたって仕方がないじゃないの。こういっちゃ何だけど、町内のお父さんと同い年の人たちのなかには、もっと具合の悪い人がいると思うわよ」

「それはそうだけど」

「今でも仕事をしているんだもの」

「でも、それができなくなりそうだし」

「状態がひどくなってきたら、きちんと認知症の調査してもらったほうがいいかもしれないね」

「うん、そうだね」

ナツキは昔から心配性だった。家族が、自分たちにとって望ましくない結果を知りたくないがために、第三者に病状の判定をしてもらわないというのは、違っているとアキは思っていた。出た結果によって、きちんと対応するべきだとは思っているけれど、そのタイミングが問題なのである。多少の問題はあるけれど、今、自分たちが動くのはまだ早いような気がしていた。ナツキによると、問題行動もなく、ふつうに受け答えをして会話が成り立ち、ちゃんとしている日もあるという。父の状態には波があり、行きつ戻りつしているときは、アキとしても調査を依頼しづらかった。

「これはどう考えても変だ！」

と確信を持ったときに、調査をしてもらいたかった。

それからナツキから電話があると、アキは「もしや……」とどきっとするようになった。残念ながらその通りで、よい話はなかった。朝食を食べたのに、父は、

「あれ？　朝飯、食べたっけ……。あ、食べた、食べた、あっはっは」

と頭を掻いて、ナツキを一瞬、固まらせた後、九時前に突然、現場に行ってくるというので、ナツキがサトルさんに連絡を取り、見守ってもらうように頼んだ。すると父は、

「よお」

と上機嫌で現場に現れ、仕事を確認した後、

「じゃあ」

と帰っていった。サトルさんが、

「ああ、今日はふつうだった」

と胸をなで下ろしたとたん、

「よお」

と父がまた現れたという。そしてはじめて見たかのように、現場の仕事を確認し、

「じゃあ」

と帰っていった。これはまずいとサトルさんが当惑していると、その一時間後、

「よお」

と、三度も父が姿を現したというのだった。

朝食の件は、迷ったものの結果的には食べたのを思い出したのでよかったと、ささやかな部分で救いを見いだそうとしたが、それは無駄だった。現場については、二度目と三度目の間、いったいどうしていたのかとナツキが聞いても、父は首をひねるばかりで返事ができない。自分が三度も、同じ現場に顔を出したのを覚えていないのである。父の入浴中にナツキが彼の持ち物を調べると、鞄《かばん》の中から半分つぶれた、袋に入ったままのクリームパン三個、財布の中からそのパン三個分のコンビニのレシートと、現場近くの喫茶店のレシートが出てきた。時間も合うし、そこで時間を潰していたらしい。小銭を出すのが億劫《おっくう》なのか、財布は硬貨でぱんぱんにふくれていた。

「それが、コーヒーはともかく、ナポリタンの大盛りを食べてるのよ。ちゃんと朝御飯は食べて出かけたのに。それにうちに帰ってから昼御飯も食べたんだから」

「まだお腹がすくような時間でもないし。どうしたのかしら。それにクリームパンも」

「うーん」

同居しているナツキは、うなっている。

「もしかして、ふざけてるんじゃないよね」

アキの言葉にナツキは驚いた。

「えっ、ふざけてる？」

「知らんぷりして、三回顔を出して、みんなをびっくりさせようとか……」

「するわけないじゃない」

呆れたようにナツキがつぶやいた。アキは父の判定に関して、自分なりに基準を持っていたはずなのに、実際の言動を聞くと、どうしても動揺してしまう。一緒に住んでいるナツキは、よりシビアだった。

「ほら、ああいう人だから……。でも、そうだね、そんなことしないよね」

しばらく姉妹は黙っていた。

「それからはどうなの？」

「朝御飯のときはああだったけど、それからは御飯を食べてないとはいわないし、もちろん着替えもトイレも自分一人でできるし。他は別に、問題ないんだけど」

今後どうするかの結論は出なかった。今度はナツキが調査をしたほうがいいのではといったのを、アキがもうしばらく待ったらといった。姉妹で交互に「しばらく待て」というものだから、父への調査は、ずっと先送りになったままだった。優柔不断になっている自分に気づき、アキは少し落ち込んでいた。

しばらくしてナツキから、父がまた積極的に料理を作りはじめたと電話が来た。料理を作るのはボケ防止によいと聞くので、いい兆候である。

「味付けはどう？」

「うん、ちゃんとしてるよ」

「じゃあ、よかった。味付けがひどくて、認知症だとわかった例もあるらしいしね」

「今のところはね。ただちょっと塩気は強めだけど」

「それが極端にならなければいいんじゃないかな。また変わったことがあったら教えて」

「うん、わかった。これがいいほうに向かえばいいんだけどね」

心配になる行動があると、姉妹の気分は暗くなり、昔からのいつものお父さんでいると、

「ああ、あれはたまたまだったんだ」

とほっとする。しかしまた、社員に対して、平然と同じ言動を繰り返したりして、姉妹は一喜一憂するはめになった。

「いちいち疲れるわ。日によって違うんだもの」

目の下にクマができて、全然とれないと嘆いているナツキに向かって、アキは、

「もう何が起こっても、不動の精神でいなくちゃだめね。そのたびに気持ちが揺れていたら、こっちが疲れちゃうもの」

と慰めた。社員も、

「社長は大丈夫ですか」

と心配してくれる。サトルさんはある程度年配なので、まあ、歳を取ったらこういうこともあると思ってくれているが、二十代の若い子たちは、父の姿を見てびっくりしたようだ。

「手伝えることがあったら、何でもいってください」

彼らがそういってくれるのが、ありがたかった。どうしても女手だけでは、カバーできない問題も、これから先は起こりそうだった。

「でもみんなに、お父さんのトイレの始末なんか頼めないよね」

ナツキは小声でいった。

「それはそうよ。いくら社員だからっていったって、ぼけた社長の下の始末なんかさせられるわけないわ」

「お姉ちゃん、あたし、もしお父さんがそういう状態になったら、できないよ。絶対無理。お姉ちゃんにまかせる」

「えーっ、そんなこといわれても……。いくらお父さんでも……、困っちゃうわねえ」

「お姉ちゃんは結婚してるから、慣れてるでしょ。私はそれほどでもないし」

「慣れてるってどういうことよ」

「ほら、見慣れてるっていうかさ。男の人の下半身の取り扱いっていうか」

「それとこれとは別問題でしょ。私は彼の下の世話をしてるわけじゃないんだから」

姉妹が小声で揉《も》めているのも知らず、父は、「あーあ」と大あくびをしながら、自分でトイレに行って用を足している。これまで漏らすこともなかったし、周囲を汚したこともない。

「いつまでちゃんとできるかしら」

父が入ったトイレのドアに目をやりながら、ナツキの心配性が頭をもたげてきた。

「パンツ型の成人用のおむつもあるから、それを穿いてもらえばいいわよ」

アキが明るくいった。

「お父さんが穿くかしら。絶対、こんな妙なものは穿けねえよって、いいそう」

「そうねえ」

水を流す音が聞こえ、ドアを開けて姉妹のところにやってきた父は、

「おう、二人で何やってんだ」

と声をかけてきた。

「ただの世間話」

アキがそういうと、

「女はどうでもいい話を、延々とできるんだよなあ。不思議な生き物だねえ」

とにやりと笑い、冷蔵庫から缶ビールを取り出して自分の部屋に入っていった。しばらくすると彼のお気に入りの、美人演歌歌手の歌と、一緒に口ずさむ声も聞こえてきた。

「あの調子だったら、まだ救いがあるかもしれないわよ」

アキはナツキを励まして家に帰った。

父の現場三度視察はそれからも繰り返され、ひどいときには現場に行くといったのに、すでに建てた家を訪れたりしていた。もちろんナツキもサトルさんも知らない。その家の奥さんが喜んで、

「わざわざ、家の具合はどうですかって、社長さんが顔を出してくれたのよ。また何か

あったらお宅に頼むわ」

と会社にいるナツキにまで電話をくれて、発覚したのである。ナツキは、

「ああ、そうですか。ご丁寧にありがとうございます」

といいながら、血の気が引いた。父が行くといって出かけたのは、そのお宅の反対方向の現場だったからである。いつものように父が出かけた直後、現場のサトルさんに電話をしておいたが、お客さんの家に行ったと再度電話をし、もしもそちらに行かなかったら、連絡をくれるようにと話した。

「どこかに行っちゃったら困るなあ」

サトルさんもあわてていたが、結局、父はその現場には行かずに、両手にスーパーマーケットのレジ袋を持って帰ってきた。ナツキはすぐにサトルさんに電話をして、家に戻ってきたことと、また様子を見て連絡すると手短にいって電話を切った。

「お父さん、どこに行ってたの」

「現場だよ。みんながんばって、よくやってくれてるよ」

「それはよかったわね」

父の頭の中では過去の行動が、自分の至近の行動として認知されているようだった。

「そこのスーパーで安売りしてたから、たくさん買ってきた」

テーブルの上にはたくさんの、きゅうり、ナス、ゴーヤ、干し椎茸《しいたけ》が並べられた。

「どうするのこれ」

「おれが料理してやるからな。ナツキも楽しみにしておけよ」

締め日間近の会社の事務をしたり、電話を受けたりしながら、父の様子をうかがっていると、できあがってきたのは、四種類の大量の佃煮《つくだに》だった。四種合体ではなく、別々に作ってある。どうして佃煮ばっかりとナツキは呆れたが、父は、

「よーし、うまくできた」

と特大の密閉容器四個にそれぞれの佃煮をどどっと入れて、にこにこ笑いながらナツキを見た。

「おいしそう。たくさんできたわね」

ナツキはそういうしかない。味はやはり塩気がやや強いものの、社員のおやつがわりの、おにぎりの具として活躍してくれそうだった。

それを聞いたアキも、「まあ、とりあえずよかった」と胸をなで下ろした。ところが勢いづいたのか父は、それから佃煮にはまってしまい、一日に何度もスーパーに行っては、佃煮用の食材を買ってくるようになってしまった。注意をしているのに、ナツキがはっと気がつくとすでに父は外出した後だった。買い物から帰ってきた父はとてもうれ

しそうなので、その顔を見たら家でじっとしていろとか、もう料理はやめろなどとはいえなかった。佃煮に向かない食材はないといえばないので、父が目に付いた安い食材を手当たり次第に買ってくるといった感じなのだが、冷蔵庫が大型密閉容器の佃煮に支配されるようになってしまい、ナツキは困ってアキに泣きついた。

土曜日、少しでも佃煮の消費を手伝おうと、アキは自宅から、空の密閉容器を八個持って実家に向かった。父は佃煮がよくできたと胸を張っていたが、

「塩と砂糖を入れ間違えたのがあって、捨てたのよ。他のは大丈夫そうだから」

とナツキが教えてくれた。きのこ、昆布、牛肉、小魚、どうしてこんなに佃煮ばかりといいたくなるほど、二十種類の容器がテーブルいっぱいに並べられた。それをアキが持参した容器に取り分けていると、ナツキが、

「あれ、ゴーヤがない。お父さん、どういうわけかゴーヤの佃煮を気に入っちゃって、何度も作ってたのよ」

ナツキが冷蔵庫の中を確認したが、どこにもない。そして父もいつの間にか、いなくなっていた。

「全部詰めたから冷蔵庫にしまって。私、お父さんを見てくる」

アキは外に出て周囲を見渡したが、父の姿は見えない。徘徊癖がつくと、よくないな

と気を揉みながら角を曲がると、そこに密閉容器と箸を持って中腰になっている父と、近所のハシモトさんの奥さんと、飼い犬の柴犬のダイちゃんがいた。

「ほーら、ダイちゃん。ダイちゃんはゴーヤの佃煮が大好きだったよね」

父は箸を手に、ダイちゃんの鼻先に、弧を描いている濃い茶緑色のゴーヤの佃煮を近づけた。ダイちゃんは一歩後ずさりした。

「すみません、うちのダイは、佃煮は食べないんですよ」

奥さんはダイちゃんのリードを少し引いた。ダイちゃんも困った表情で、奥さんの顔を見上げている。

「ほうら、ダイちゃん、おいしいよ」

口元にゴーヤを押しつけようとする父に、アキはびっくりして、

「お父さんっ、やめてっ」

と叫んだ。奥さんが振り返り、ほっとした表情になった。

「すみません、ご迷惑をおかけしました。ダイちゃんもごめんね。急にこんなことされたから、びっくりしちゃったね」

アキがダイちゃんに声をかけると、さっきとは正反対の、うれしそうな表情になって尻尾《しっぽ》を振った。

「本当にすみません、申し訳ありません」

アキは父を抱えるようにして、その場から離れようとした。

「お父さん、大変ね」

奥さんは気の毒そうに小声でいった。

「この頃、様子がおかしくて。でもこんなことははじめてなんです。ご近所の方にご迷惑をかけるようになったら申し訳ないので、何とかしなくちゃいけないですね」

「そのときは遠慮なくいってちょうだいね。わかっていれば私たちも心づもりができるから。うちの義母《はは》だってそうだったのよ」

「ありがとうございます。本当にすみませんでした」

アキは涙が出そうになりながら、頭を下げた。一方、父はといえば、

「奥さん、またね。ダイちゃん、次はきのこの佃煮を食べてちょうだいよ」

と大声でいいながら、箸を持った手を大きく振った。

「はい、さようなら」

奥さんも手を振り、散歩中に面倒な一件に巻き込まれたダイちゃんも、尻尾を振ってくれた。

犯人を連行するように父を抱え、家に連れ戻したアキは、

「あんなことをしちゃだめ」

とはじめて父を叱った。娘に叱られた父は、椅子に座ってうつむき、何事かもごもご
とつぶやいていたが、顔を上げて、

「おれは何もしてない。知らねえなあ」

といい放った。

「しらばっくれてるのかしら。もとがお調子者だと、ふざけてるのかぼけているのかが
わからないから本当に困るわ」

ナツキはアキに耳打ちした。

「ううん、本気で自分はやってないと思っているのよ。これはもうだめだね」

いつまでも「おれは何もしていない」と抵抗する父に対して、姉妹はお互いに、これ
まで延々と迷い、保留にしていた認知症の調査開始の意思を確認し合ったのだった。

挿画　牛久保雅美

この作品は二〇一七年二月小社より刊行されたものです。

幻冬舎文庫

●好評既刊
こんな感じ
群ようこ

慢性的な体調不良、体型の変化、親の健康問題……。いろいろ悩みはあるけれど、自分の人生引き受けて五十年、大人な女三人のぼやきつつもクールで、時々過激な日常。笑えて沁みる連作小説。

●好評既刊
かもめ食堂
群ようこ

ヘルシンキの街角にある「かもめ食堂」の店主は日本人女性のサチエ。いつもガラガラなその店に、訳あり気な二人の日本人女性がやってきて……。普通だけどおかしな人々が織り成す、幸福な物語。

●好評既刊
寄る年波には平泳ぎ
群ようこ

読み間違いで自己嫌悪、物減らしに挑戦、エンディングノートに逡巡。……長く生きてると何かとあるけれど、控えめな気合いを入れて、淡々と暮らしていこう。人生の視界が広くなるエッセイ。

●好評既刊
音の細道
群ようこ

ビートルズに北島三郎、津軽三味線にギリシャ歌謡、ネコバカの歌に涙が出る歌……。ロック少女だった頃から、小唄を精進中の今にいたるまで、「音」にまつわる、するどく笑える名エッセイ。

●好評既刊
おかめなふたり
群ようこ

ある雨の夜やってきたおかめ顔の猫「しい」ちゃんは、臆病で甘えん坊、そして暴れん坊の女王様。彼女のお陰で静かな暮らしは一変し……。作家と猫の愛情生活を綴る、笑えてジンとくるエッセイ。

ついに、来《き》た?

群《むれ》ようこ

令和2年2月10日　初版発行

発行人――石原正康
編集人――高部真人
発行所――株式会社幻冬舎
〒151-0051東京都渋谷区千駄ヶ谷4-9-7
電話　03(5411)6222(営業)
　　　03(5411)6211(編集)
振替00120-8-767643
印刷・製本―株式会社　光邦
装丁者――高橋雅之

幻冬舎文庫

ISBN978-4-344-42953-6　C0193　む-2-15

幻冬舎ホームページアドレス　https://www.gentosha.co.jp/
この本に関するご意見・ご感想をメールでお寄せいただく場合は、
comment@gentosha.co.jpまで。